灰燼

Ashes

金亮

題獻給
家裡一隻懶洋洋的貓

【好評推薦】

金亮，一位閃亮可期的香港新生代作家，毅然決然跳出了以港式社會現象為背景的題材，除了將小說中的謎團核心設在日本和歌山縣的雪山中，另一個遠端解謎的對應場景，也被刻意架構為地域色彩模糊的城市。因此，在閱讀的過程中讀者對空間感與背景充滿了更多想像！

《灰燼》透過在日本山難遇害的香港死者秀晶所遺留下來的記事本，以及另外幾名角色的回憶，巧妙地將一對姊妹、兩個空間、多起命案，與好幾個謎團連結在一起，讀者在不同章節的時間切換與事件交錯中，穿梭於姊姊秀晶口中謎樣的雪山連環命案，以及妹妹秀妍從深陷詛咒危機到解開謎團的始末。

作者將推理小說中解謎的「偵探」角色之一，剛開始設定為被害者、被詛咒者、被守護者……經過幾次劇情翻轉後，逐漸轉換為破解謎團與命案的主導人物，更因為劇情中多位角色的身份錯位謎團，讓《灰燼》閱讀起來更多了些燒腦的層次感！

——提子墨　小說作家／專欄作家／博客來推理藏書閣選書人

序

二〇一六年秋，機緣之下從網絡上得悉「第七屆BenQ華文世界電影小說獎」，剛巧腦海中有一個故事構想，很適合電影題材，於是用了三個月時間，在年底截止前完稿，順利寄出參賽。

好吧！我承認，我是見到「電影小說」四個字才參加的，如果這個比賽標題為「華文世界文學小說獎」或「廿一世紀文學創作大獎」，自問沒有深厚文學功底的我，應該不會參加。

好吧！我又承認，我是見到字數上限最多六萬字才參加的，我發現這個比賽時已經九月，若果依照一般小說比賽要求八萬至十五萬字為標準，我一定趕不及完成，所以，見到字數要求較少，自問還應付得來，決定參加。

翌年三月，複審名單公布，噢！入圍了，當時的心情的確很高興，評審賞析我的作品，應該是覺得故事劇情很有電影感吧，其實自己也覺得今次寫得不錯，作品完成度很高，心想，希望能更上一層樓。

五月，決審名單公布，沒有我的名字，不瞞你說，非常失望，雖然從來沒有想過會得獎，但對於目標是決審入圍的我來說，仍難掩失落之情，於是，不知那裡來的勇氣，我做了一個決定。

我決定投稿。

本來是沒有這個計畫，當初參賽也只是覺得一試無妨，得獎固然可喜，落選也是情理之中，就當是經驗吧，但後來有幾位朋友，在看過我的作品後，居然異口同聲地勸喻我，說如果落選了，一定要嘗試找出版社投稿，不要浪費這個好故事，現在回想起來，還真是多得他們的鼓勵。

但這時候又遇到一個難題，我對台灣出版市場不熟，自己認識的出版社，數來數去都只有幾間，我要投稿，應從哪裡入手？

在此我要感謝那位負責電影小說獎的小編，對不起我到現在還不知道小編是男是女，我寫信去問他／她，如果我想投稿到台灣的出版社，可以聯絡哪一位？本來以為他／她只會敷衍回答我幾句，畢竟對於一名落選者來說，他／她的工作已經結束，完全沒有責任回答我這個冒昧問題，但小編回信竟然給我列出一長串台灣出版社的投稿資料，當中更註明各出版社的投稿偏好及出版方向，這對人生路不熟的我來說，這個「出版指南」猶如大海航行的指南針，助我選擇合適的出版社。

一書易寫，知音難求，讀者固然是作家的知音，但都要待出版後，才能給讀者有認識你的可能，所以，出版社編輯才是作家的第一個知音。

當我收到秀威資訊回覆願意出版，並寄來合約時，那份喜悅真是無法用言語來形容，那一刻望住電腦螢幕雙手發抖的激動至今還是忘不了，因為這不單代表你寫的故事、你寫的人物、你寫的世界觀，能夠獲得出版社認同，還代表了將來可以面向公眾，得到更多讀者認識，尤其是，當你有決心一直寫下去時，能夠獲得出版社賞識，是非常重要的第一步，所以在此我必須感謝秀威資訊，讓我的拙作有機會面世。

參賽時由於字數限制，全書只有五萬四千字，很多原本想寫的情節都沒能寫下來，知道能夠出版後，總感覺字數太少，於是一口氣擴展至七萬字，雖然仍不算多，但總算對書中人物性格有更深入的刻劃，劇情發展也能用較多筆墨去鋪排。

推理小說是我喜歡的類型小說之一，另一喜歡類型是超自然懸疑小說，這本書雖被歸類為推理小說，但其實創作之初，是想寫成超自然類小說，然而，當我完成雪山六日的描述後，忽然有個想法，我能否將推理和超自然兩個元素結合？寫出一本情節緊湊，懸念精彩但又具推理成份的小說？

大部分推理小說，一旦涉及超自然現象，到最後總是要給出一個合理的，非超自然的解釋，作者每每會告訴讀者，一切超自然現象都是假的，所有事都是凶手搞出來的，對於這點，其實我個人心裡相當納悶，推理小說就不能談鬼神？超自然現象就一定要有合理又現實的解釋？假如我在小說中，清楚交代種種超自然現象，例如鬼的性格，清楚記述鬼的行踪，甚至清楚描述鬼的心理，鬼不就是跟人同一個設定嗎？

所以，鬼一樣可以成為狡猾的嫌疑犯，一樣可以成為殘忍的凶手，只要，我事前安排好線索。

同理，鬼一樣可以成為指證凶手的證人，一樣可以幫助無辜的人伸張正義，只要，我事前構思好情節。

當然，鬼也可能只是閒角路人甲，甚至乎只是一尾紅鯡魚（red herring），只要，我事前巧妙地安排。

於是，我就寫下這本超自然推理小說。

最後，容許我再一次感謝秀威資訊，她們願意冒險出版我的作品；感謝洪仕翰責任編輯，這半年來他得忍受我的囉囉嗦嗦；也要感謝準備看，或已經看完這本書的讀者，希望您們會喜歡這部小說。

金亮

二〇一七年十二月十八日

第一日　十二月十九日

從來沒想過會在這種環境下，跟我最愛的妹妹用這種方式聯絡，或者就像電影老土情節一樣，我應該寫：「當妳看見這份手記時，我已經不在人世。」

被困這裡跟外界完全隔絕，身邊根本沒帶來足夠的食物及水，恐怕不出數天，我們不是被寒冷的天氣凍死，就是缺糧餓死。

我要趁我還有力氣，神智還清醒時，記下這兒發生的事，假如最後我們都逃不出去，至少，待搜救隊來到時，這份手記或者有助他們調查，但最重要的，是我要對我最愛的妹妹，作最後的道別。

秀妍，妳知道嗎？從小到大，妳是姐姐生命中最重要的人，沒有什麼比妳活下去更為重要，所以，對不起，姐姐今次騙妳來日本是旅遊，其實另有目的，阿權已經知道所有事，他人很好，願意跟我一起承擔，全靠他，我們才能來到這裡，只差一步，就只差一步，妹妹妳就會沒事。

這裡是和歌山縣高野山內某處地方，阿權已經調查過，知道神社的正確位置。無論如何，只要有少許希望，我都不會放棄，為了妳的未來，我一定要成功。

因為這可能是最後的機會。

然而，就在到達神社之前，一場大風雪令我們跟外界完全斷絕，這場突如其來的大風雪，令前往神社的道路因雪崩而封閉了，回程的路也因大雪關係，完全看不清楚，我們走著走著就迷路了，手機通訊完全失效，就好像這裡從來沒有無線網絡一樣。

我們現在被困在一處我也不知道該怎麼形容的地方，幸好附近有一間荒廢的小屋能讓我們暫避。

說這裡是一間小屋其實並不正確，應該說是一個小村落，有數間小屋，沿著已經被白雪覆蓋的小路上，依山而建。小村落已經荒置了一段日子，沒有人跡，很難想像這個年代，還真的有這種荒廢了就完全置之不理的地區，可能是鄉下地方吧，換作大城市，開發商哪會放過賺錢機會！

風雪很大很猛，好不容易才發現這個破村子，我們感恩似的跑過去，馬上鑽進其中一間屋子裡。

屋內還有兩個人。

一個男人坐在一堆好像樹枝或碎布堆積起來的雜物前，正試圖用手上打火機將其點燃，另一個女人坐在不遠處一個角落，無力地倚靠在牆上。

「你們也迷路了嗎？」男人用不純正英語問，聽口音明顯不是操流利英語的外國人，屋內雖然燈光昏暗，但從臉型輪廓看，他應該是亞洲人沒錯。

「是的。」我用簡單英語回答，「你是日本人？」眼睛漸漸適應室內微弱的光線，我開始看清楚他的樣子，他不似日本人。

「不，香港來的，想不到會遇到這麼大的風雪，電話完全接不上。」他改用粵語跟我們交談，似乎他比我們更早發覺，大家同是迷失在這種鬼地方的異鄉人。

火已經點燃起來，感覺上真的暖和很多，剛才在外面那股刺骨的寒冷感開始退卻，但不知怎的，心底裡卻冒起另一股不安的寒意。

這兩個人，有點古怪。

那個男的叫何信君，自稱律師，熱衷滑雪登山，今次來這裡是想挑戰難度，他跟妻子楊欣及好友一起前來，但因大雪跟大家失散了，現在唯有等搜索隊來救。

我對他的說法相當存疑，高野山從來不是什麼滑雪勝地，這裡位置更加是隱匿偏僻，就算想挑戰難度，也不會選這種地方。

但問題最大的是他身後這個女人。

他的妻子楊欣屬於嬌小柔弱型，站起來不到一六〇公分吧，很瘦，一臉病容，跟身型魁梧的何信君比，完全是巨人和小人國，以她的身體素質，很難相信她會在這種荒山野嶺地方滑雪。

而且，最詭異的，是她自我們來了之後，沒有說過一句話。

最初我以為她累了，累壞了，倒在一旁睡了，但不是這樣，雖然她沒有開口說過一句話，但每次何信君說話時，她雙眼都死盯住他，一副很憤怒的樣子，我心想，他們在我們來之前，一定吵過什麼。

還有一個可能，楊欣不是不想說話，而是丈夫吩咐她不要亂說話，直覺告訴我，他們之間感情不是很好，而且，何信君幾乎沒有理睬過她，連介紹也沒有，我想這個做丈夫的也有點不近人情吧。

天色愈來愈昏暗，風雪從沒停過，火很溫暖，大家都累了，那杯熱朱古力起到鎮靜神經作用，阿權可能太辛苦了，倒下來很快睡著，我在睡前看了他們夫妻一眼，他們是分別睡在兩個角落，果然如我所料，感情不是很好！

我不知道睡了多少時間，總之醒來時，火已經熄滅，四周漆黑一片，我望出窗外，仍然是晚上，但風雪好像停了。

阿權和另外兩人，仍然躺在地上熟睡中，我望向這對滑雪夫婦，睡前的不安感重新由心底裡湧上來。

奇怪？為什麼會感到不安？

我走近我的背包，拿出手機及記事本，借手機的燈光，開始一頁一頁的寫下來，我決定從今日開始，將這裡的事記載下來。

有一件事我必須提一下，就在我開始動筆前，我隱約聽見腳步聲，在屋外，聽上去好像一個人在雪地細步細步走來走去的聲音，很微弱，但在這種荒山野嶺的深夜裡，極微弱的聲音也很容易聽出來。

我馬上望向屋內，三個人仍在，那麼在屋外徘徊的是誰？

我從窗邊隙縫望出去，一個瘦弱細小的背影，在不遠處的雪地上走來走去，看似是一個人，但我不敢肯定，因為外面沒有燈光，在黑暗中看得不太清楚，我不敢叫出聲，因為腦海中突然聯想到一些恐怖故事，我掩著嘴巴，聽著腳步聲漸漸遠去，直至完全聽不到後，才鬆一口氣。

我開始寫了一大堆東西，阿權明白我仍然想去神社，這三年來能認識他是我的幸運，卻是他的不幸，他對我愈好，我愈內疚，愛情就是這樣，妳騙不了自己。

秀妍啊，姐姐真的很掛念妳，下個月就是妳二十歲生日，姐姐記得的，好想跟妳一起慶祝，姐姐無時無刻都惦掛著妳。

為了妳，我要活下去，妳的未來才是最重要的。

——李秀晶　寫於十二月十九日晚上

一

合上手記，閉上雙眼，淚水從眼角悄悄落下。

已經不是第一次讀了，這兩星期來，她反反覆覆讀了無數遍，但每讀一遍，淚水總會不自覺地流出。剛過二十歲生日的她，以為自己長大了，頂得住任何風浪，但實情是，她仍然是姐姐眼中不懂照顧自己的小妹子。

秀妍站起來，放下手記，從宿舍窗外望出去，今日的天氣很好，陽光明媚，藍天白雲。

暴風雪的山上會是怎麼樣的景象？

噩耗在兩個星期前傳來，日本警方辦事效率很快，發現屍體當晚，已經迅速地第一時間通知遇害人的家屬。

接下來發生的事，秀妍已經記得不太清楚，只可以形容，這段日子她是在震驚及痛苦中渡過，訂機票、飛日本、辦手續、認屍、安排遺體回港、應付傳媒追訪、接受親友慰問，電話一個接一個，有些更親自上門探訪，生怕這位小姑娘會受不起打擊似的。

然而，秀妍並沒有倒下來。

痛哭過無數個晚上，回憶起無數次跟姐姐相處的快樂時光，秀妍決定重新站起來，她不能讓姐姐失望。

更何況，她現在有更重要的事去做。

冬日的晨光照進室內，令整個房間添加幾分溫暖，書桌上放了一大堆筆記及剪報，都是近兩個禮拜搜集而成，秀妍穿戴上白色皮質手套的一雙手，緩緩地抽出其中一份剪報。

十二月二十七日，和歌山縣警方在暴風雪過後，聯同搜救隊成功進入因雪崩而被封閉的山區，在一條已荒廢的村落中，發現四具屍體，發現時已死去多日，相信是因惡劣天氣及缺乏急救物資情況下致死，警方初步判斷死因並無可疑，調查仍然進行中。

這是新聞的報導，然而實情並非這麼簡單。

日本警方告訴秀妍，四名死者中，其中三人死因均與被困現場的地形及低溫有關，初步判斷並無可疑。唯獨李秀晶例外，她是服用過量安眠藥致死。

警方最初對李秀晶的死存疑，原因是，不排除李秀晶被人強餵安眠藥的可能性，但卻有兩點不支持這個被殺說法。

首先，根據法醫初步推斷，李秀晶死亡時間是四人中最晚一個，換言之，除了她本人，沒有人可以逼她吃藥。

第二，亦是最關鍵的證據，李秀晶自己所寫的手記。

手記一共寫了六日，由十二月十九日至二十四日，法醫推斷李秀晶是二十四日晚上死的，而她在最後一日寫的手記中，向她妹妹作出最後訣別時，曾透露自己有尋死的意向。

因此，警方認為，若手記所寫屬實，李秀晶在所有同伴死去，而又沒有辦法逃出生天的絕望氣氛下，她想自我解脫這項假設，相當合情合理。

然而，警方若接納手記所寫的內容作為證據，判定李秀晶死於自殺，又會帶出另一個新問題。

根據手記中所描述，現場一共出現五個人，但搜救隊只尋獲四具屍體。

警方認為，以封閉現場當時的惡劣環境及天氣，在搜救隊來到前，絕對沒有可能有人能自行逃離。即是說，如果手記內容所寫屬實，應該會發現五具屍體才對。

再加上手記裡記載該六日所發生的事，實在太匪夷所思，其中很多都難以令人置信，警方一度懷疑，李秀晶會不會瘋了。因此，警方召見了前來認屍的妹妹秀妍，希望能從她口中，了解姐姐所寫的內容。

然而對秀妍來說，她完全看不明白姐姐在寫什麼，她只能將過去所知道的事，如實說出來：

——她和姐姐感情很好，由於沒有父母，她視姐姐如媽媽一樣看待。

——譚偉權是姐姐的朋友，他們認識三年，但自己只見過相片，沒見過他真身。

——手記中描述的其他人，自己完全不認識。

——姐姐有吃安眠藥的習慣，因為最近幾年她晚上很難入睡。

秀妍已經盡了力，但似乎沒有幫上大忙，警方調查仍然進行中，但這兩個禮拜似乎陷於膠著狀態。

至於那本手記，警方就當作姐姐留給妹妹最後的遺物，交還給秀妍。

秀妍離開書桌，走近床上躺著，閉上雙眼，這是她最愛的思考姿勢。

「當妳心煩意亂時，嘗試躺下來，閉上雙眼，慢慢地，妳會想通很多事情。」

這是姐姐教的。

從小到大，秀妍都很喜歡姐姐，也很倚賴姐姐，對無父無母的她來說，沒有姐姐，她活不到現在。

因為，秀妍出世時，雙眼是看不見東西。

外表看上去，雙眼是完好的，跟正常人無異，但事實上，秀妍所能看見的，只有一片漆黑。

姐姐很緊張，非常擔心，帶秀妍看了很多醫生，但全部都找不到病因，視覺神經沒受損，眼睛結構完整，對光線刺激有反應，但就是看不到東西。

姐姐急了，除了正途求醫外，開始用一些偏門方法，問卜、求符、驅魔、告誡，什麼也試過了，但還是不行。

那一刻，即使雙眼看不見，但秀妍還是能夠充分感受到姐姐那份關懷及愛護。一腔熱淚在心裡流，她發誓要堅強活下去，長大後好好孝敬姐姐。

未知是否心誠則靈，抑或上天憐憫，秀妍六歲那年，雙眼突然康復。事前毫無跡象，一覺醒來，姐姐聽見妹妹第一句話：「很光，很刺眼！」

慢慢適應了，秀妍雙眼就跟普通人一樣，視力完全回復正常，不單如此，重生後的雙眸，就像寶石一樣散發出迷人的光芒，無人不被她雙眼所迷住。

一年復一年，秀妍長大了，長得婷婷玉立，一雙水汪汪大眼睛，會說話一樣，令見過的人無一不加以讚美，加上青春期過後身型開始變化，漸漸由從前的小女孩脫變成美人胚子，散發著女人獨有的魅力。

但就在這時候，她察覺到姐姐不開心。

與其說是不開心，不如說是擔心。她最初以為姐姐擔心她舊病復發，但自康復後都過了十幾年，眼睛絲毫沒有半點不適，根本沒有理由去憂心，姐姐似乎在想另一件事情。

自從那時候起，姐姐就開始有服安眠藥習慣，她說晚上睡不著。

秀妍坐直身子，將思緒拉回現實，從頭分析當前的情況。

那份手記，字跡是姐姐的，絕對沒錯。姐姐是自殺嗎？如果真的是自殺，又有什麼理由令她這樣做？

整份手記雖然好像一個瘋子寫的，但秀妍知道姐姐沒瘋，手記是寫給妹妹看的，姐姐是否想提醒妹妹，一切事情都跟雙眼有關？

「姐姐，難道妳也看見了嗎……」

秀妍搖搖頭，姐姐應該沒有這個能力，這麼多年來，從來沒有察覺姐姐有異樣。

那麼，翻看自己小時候的治病記錄及醫生報告，能否查出線索？

自從升讀大學後，秀妍依依不捨地離開姐姐，搬進學校宿舍，而姐姐也在差不多時間搬去公司附近居住，兩姐妹以前一起生活過的舊居一直丟空，而那份醫生報告，就在舊居裡。

秀妍又想起以前跟姐姐一起住的開心日子，其實自己老早想回去，舊居對她來說，不知為什麼，有份很奇妙的感情，應該說，舊居好像仍有親人居住一樣，明明大家都搬走了，但她總是想回去探望，自悲劇發生後，秀妍有時甚至會想，姐姐會否仍然在世，就在舊居等她回去。

秀妍看看手錶，中午十二時半，學校下午沒課，她拿起手袋，穿上鞋，一個箭步跑出去。

第二日　十二月二十日

阿權死了。

一覺醒來，發現身邊的他不見了，何信君及楊欣也不在，屋內只有我一個人。

披上大衣走出屋外，很冷，停了一晚的風雪，今早又再刮起來，視野有點模糊，我向前走，經過幾間小屋，每一間我都進內找，空空的，沒有阿權踪影，正當我打算朝最遠一間小屋走過去時，我看見何信君跪在小屋旁不遠處一個陡峭的山坡上，向下望著一團黑色的物體。

我靠近，朝他方向望過去，阿權橫躺在山坡下的雪地，頭部位置有一灘黑黑的液體。

我想我一定尖叫，但我記不起來了，雙腿一軟整個人攤在地上，何信君爬下山坡，把阿權扛在肩上，費力地把他抬上來，我急不及待抱著他，但他全身已經冰凍。

熱淚溶解我臉上的雪，這一刻我完全不覺得冷，我抱著阿權不放，我覺得他只是昏過去，只要我給他溫暖，他很快會醒過來。

阿權，對不起，是我連累了你。

我不知道過了多少時間，只察覺到身上的雪愈積愈多，也感覺到愈來愈冷，然而阿權並沒有醒過來。

突然一隻手大力地把我從地上拉起來。

「走吧，再這樣會冷死的！」

我們把阿權放在其中一間棄置的小屋中，就在我們棲息的那間小屋旁邊，然後我們一起回到原先待著的地方。

何信君試圖再次點燃火堆，我看見他身上有一些乾的樹枝及碎布，應該是今早他到外面找的易燃物品。

「譚先生的事，我很難過。」他說，「我想他應該像我一樣，見火熄了，想出去找一些可燃燒的東西，就在那個山坡上，不小心摔下跌死，我抬起他時，四肢軟飄飄的，好像已經折斷了，頸骨也……」

「不要再說了！」我真的不想聽下去。

很長一段時間，大家都沒有說話，待火堆重新點燃起來，我先開口。

「你醒來時，阿權就不在這裡了？」

「嗯，我見到只有妳一個人，心想他可能出外去了，想不到……」

「你是何時發現他的？」

「比妳早一兩分鐘吧，最遠那間屋旁有棵樹，樹枝較粗較大，積雪也較少，妳知道，濕了的樹枝很難點燃，我正想走過去，就看見他倒在下面。」

我用狐疑的眼光望著他，這個人從一開始我就極其保留，總覺得他在這裡是另有目的，我們四個人被困在這裡，如果說阿權的死不是意外，那麼最有可能行凶的，只會是他。

「不要這樣看我，我知妳在想什麼。」他一邊揮手一邊搖頭，自辯地說，「我有什麼理由害他呢？我們被困於此，不是更加應該守望相助嗎？一個人出一分力，三個人就出三分力，少一個人對我們的處境只會更壞，不是嗎？」

「更何況，我在昨晚才認識譚先生，我們之間沒有仇怨，如果說我要加害他，總得有個理由吧。」他補充。

能言善辯是他的本事，但又言之成理。沒有證據證明阿權是被殺的，但是，阿權一個人為何會跑到該處？那處山坡是距離我們最遠的位置！

對話就此結束，我很累，不想再講了，阿權死後只剩我一個人了，我的精神接近崩潰，支持我撐下去的，只有對妹妹妳的信念。

秀妍啊，妳明白姐姐現在的心情嗎？絕望、痛苦、悲傷，密封的環境，令人窒息的氛圍，現在的我很孤獨，我該怎麼辦？

接下來的時間，沒有什麼令人驚喜的事發生，外面依然下著大雪，搜救隊依然沒有出現，我們吃過剩餘的麵包及少許熱朱古力後，何信君說要出外方便一下，我一個人留在屋內。

楊欣還沒有回來，天快黑了，她一個女子跑哪兒去了？

我披上足夠的禦寒衣物，趁天還有少少亮，嘗試出外找找她，阿權事件我不想歷史重演，大家都是女人，在這艱難時刻，應該互相幫助。

當然，我還有另外一個目的，我想趁她老公不在的時候，單獨問問她一些事情，一些可能對調查阿權的死有幫助的事情。

就在我踏出門外幾步時，前面不遠處站著一個人。

是一個男人的背面，他低下頭，彎著腰，一步一步緩慢地走向旁邊那間小屋去。

我差點叫了出來，第一個反應是，阿權沒死，他回來了。

但是，姐姐這樣想是不現實的，縱使自己不肯承認，但我抱著阿權時，那副冷冰冰的身軀，已經告訴我答案。

而且，這人個子矮小，身型瘦削，根本不可能是阿權。

這背影……我突然想起來了，是他，就是昨晚我見過那個背影！

這時腦海中閃過一個念頭，他應該跟我們一樣，是其中一名被困的遇難者，既然同是遇難者，大家應該同舟共濟。

不知從哪裡來的勇氣，我大步走上前，但可能腳步聲還是有點大，還未走近他身旁，他已經轉過身來。

很落魄的面容，不知是否光線不足，總覺得眼前這個人雙眼是血紅的，就好像很多晚沒有睡覺似的，嘴有點歪了，天氣太冷，冷得他說話時聲音顫抖得很厲害。

他吞吞吐吐說了幾句，是日語，我完全聽不懂，看來他是本地人，跟我們不同。

他好像也發現我不是本地人，開始用簡單英語跟我說。

「Simon, evil, run!」

誰是Simon？阿權英文名字是Dickson，如果是指在這裡的男人，只有何信君。

他認識何信君？

接著發生的事，卻完全出乎我意料之外。

那個男人視線轉向我身後，突然臉色蒼白，面容扭曲，張大了口，結結巴巴地，很艱難地吐出幾隻字。

我聽得不太清楚，他抖得很厲害，As……As……？

說完他轉身就跑，朝最遠那間小屋方向跑去。

我呆住了，好似我身後出現一些東西令他害怕，我想到何信君，他聽到談話聲過來了嗎？

我回頭一看，什麼都沒有。

這時風雪已經停了，我瞧瞧地上的腳印，只有我自己走過來的那一行，何信君根本沒有跟上來。

我再看看前面的腳印，只有那個男人逃跑時留下的，其他什麼也沒有。

我站在那裡很久，回到屋子時，何信君已睡著了，鼻鼾聲簡直震耳欲聾，楊欣不知什麼時候也回來了，縮在一角睡著了。

秀妍，阿權的死是否意外，我到目前還沒有答案，但那個怪男人的出現及舉動，令我覺得這兒發生的事並不尋常。

那個何信君，他英文名字叫Simon嗎？我對他由始至終都是不信任，他跟阿權的死有關嗎？他認識那個怪人嗎？他早上出去一整天，目的只是撿樹枝生火？

另外，那個怪男人最後想說什麼？他知道我不懂日語，說的應該是英語，跟他看見的東西有關嗎？但明明背後什麼都沒有！

頭有點痛，摸摸額頭，好像有點熱，發燒了嗎？我馬上服下退燒藥，千萬不能病，我還有很多事要做，今晚還是早點睡吧。

秀妍，我最愛的妹妹，很想妳。

——李秀晶　寫於十二月二十日晚上

二

一樓……二樓……三樓……四樓……

一步一步地往上走，舊式唐樓就有這個缺點，只有樓梯，沒有電梯。

不過對於徐文軒而言，這段樓梯路程卻充滿回憶。

三年前，那個大雨滂沱的晚上……

不，不對！現在不是懷緬往事的時候。

終於到了六樓頂樓，徐文軒站在曾經熟悉的大門前，他從褲袋中掏出一串鑰匙。

逝去的總教人懷念，如今他能做的，就是為故人完成最後心願吧。

「如果我回不來了，請你把我舊居裡那棵平安樹扔掉。」

她留下鑰匙及一封信在自己住所門口，信上只有這一句話。

雖然之後曾經打過無數次電話給她，但她就是不聽，留言亦不回覆，來到舊居這邊一看，原來她已經搬走了，都這麼多年，有新歡也是正常的。

但為什麼她要說這些不吉利的話？徐文軒當時不明白，直至兩星期前，警察上門找他協助調查，他才知道出大事了。

打開大門，裡面的擺設跟以前一模一樣，那棵平安樹就放在近窗口位置，有陽光照進的角落裡。徐文軒記得，是他倆一起栽種這棵平安樹，當時它只有手掌一般大小，如今卻已經長得有一米高了，枝葉也很茂盛，用來放泥土的花盆，也換了一個更大的，小樹長大了，自然需要更多泥土支持生長。

「秀晶，想不到妳還留住這棵樹。」

大概七年前，徐文軒跟前妻辦理離婚手續，但為爭取兒子的撫養權，雙方不惜對簿公堂，對徐文軒而言，妻子已經棄他而去，他不能連唯一的兒子也失去，而且，他忍受不了自己的兒子，叫另一個男人做爸爸。

官司拖了很久，花了不少錢，這對當時事業陷於低潮的他來說，不論經濟上抑或精神上，都構成沉重的壓力。

就在這時，李秀晶出現了。

兩顆失落的心偶然相遇，互相慰藉進而互相鼓勵，內心的空虛正好因對方的出現而填補，兩人很快就發展成情侶關係，這棵平安樹，就是當年他們一起栽種的情侶樹。

文軒把自己跟前妻的關係、兒子的撫養權、公司工作的困局等事情，一五一十向秀晶透露，對他而言，沒有什麼比這些事更為困擾，而對秀晶來說，最困擾她的就是她妹妹秀妍。

秀晶有一個比她少十多歲的妹妹，從出世開始就看不見東西，但某一天卻突然痊癒。

這本來應該是開心的事，但恰恰相反，秀晶卻表現出一副很憂愁的樣子。不單如此，更令文軒覺得奇怪的，是秀晶一直不願意帶他見秀妍。

他們兩姐妹自幼無父無母，大部分時間都是相依為命，但倒還是有一些親戚及朋友在附近居住，每逢過年過節，秀晶都有跟文軒一起拜訪他們。但偏偏是最愛的秀妍，秀晶每次話題都離不開的秀妍，卻從沒介紹過給他認識。

只聞其名，不見其貌，這點令文軒覺得很奇怪，是秀晶還不信任自己嗎？一直對此悶悶不樂的文軒，開始向秀晶親戚朋友打聽一下這位妹妹的事情，但卻得出一個驚人的答覆。

不僅文軒沒看見過妹妹，其他人也很少見到妹妹，很明顯，秀晶是有意地不讓妹妹見任何人！

文軒不敢問，但又很想問，他已經將自己的一切告訴秀晶，為什麼她還對自己有所保留？更何況，她這樣過分保護妹妹，其實是極不健康，難倒她要囚禁妹妹一輩子，不讓任何人接觸她嗎？

最初，文軒的確是這樣想的，直至那一晚，他們分手的那一晚。

三年前，那個大雨滂沱的晚上……

身後突然傳來開門聲，文軒回頭，只見一名少女剛好打開大門，一隻腳踏入客廳，另一隻腳馬上停下來，雙目盯住屋內這個男人。

很漂亮的雙眼！這是徐文軒第一個印象。

站在門口的女子年紀很輕，不到二十歲吧，個子不高但身形勻稱，腿長腰細，略微貼身的連身裙將她美好的身段表露無遺，雙手穿上白色皮質手套，半棕半黑長髮披肩，鵝蛋臉形配上精緻五官，尤其一對如寶石般閃亮通透的大眼睛最為突出，神祕又美麗，標準的美人兒。

不過對文軒來說，這張臉卻有三分親切感，他直覺地知道她是誰。

「妳是……小秀妍？」

秀妍定睛地看著他，點點頭。

「真的是妳，妳認得我嗎？我是徐文軒，妳姐姐以前的男朋友。」

文軒發覺，他這樣自我介紹很差勁，因為秀妍之前沒可能見過他，他甚至懷疑秀晶根本沒有在秀妍面前提起過他。

不過回答卻出乎意料。

「我認得你，我在相片中見過你。」秀妍眼神有點哀傷。

「妳姐姐有提起過我？」

「怎麼可能沒有！姐姐很愛你，你知道嗎？」

徐文軒漲紅了臉，一時間不知道該如何回答。

「你為什麼會在這裡？為何你會有我家的鑰匙？」秀妍好奇地盯住徐文軒。

文軒不知道該從何說起，即使說了也不知道對方會否相信，但是，文軒發覺，這位自己一直未有機會見面，像傳說一樣的妹妹，性格跟姐姐可謂大相徑庭。

姐姐是那種溫柔內斂，文靜平和，不太執著的人，除了妹妹的事，對其他事都是隨遇而安，逆來順受，腦筋也不算太靈活。

但眼前這位妹妹，明顯比姐姐聰明，有主見，外表柔弱但內心堅強，敢說敢做的人。

沒有必要對她講大話，文軒認為，就算她不相信，還是坦白說出來較好。

「有一晚，我家門鈴響起，開門後只見地上放了一串鑰匙及一封信，信上只有一句話。」

如果我回不來了，請你把我舊居裡那棵平安樹扔掉。

秀妍聽後，眼睛慢慢紅起來，一滴淚水從左眼流出來，她用手背輕輕一抹，淚水滴在白色手套上。

她緩緩走近文軒身後那棵平安樹，蹲下來，用手指尖輕撫其中一片樹葉。

「姐姐仍然惦掛著你。」她說，「這些年來，雖然有很多人追求她，但我就是知道，她忘不了你。」

「這棵樹她一直那麼用心打理，這麼多年來從未間斷。」

秀妍轉過身，對徐文軒說。

「看來姐姐還是很信任你，所以才叫你來替她清理這棵樹，不過，請你暫時不要碰這間屋子裡的所有東西，包括這棵平安樹。」秀妍說，「我想搬回這裡住幾日。」

「秀妍……對不起，請容許我叫妳秀妍。」文軒不好意思地說，「人死不能復生，秀晶的事我也很難過，但觸景傷情，我怕妳搬回來住，會愈想愈多，對身體不好。」

「不會的，只是回來住幾日。」

「那好吧，我改天再來處置那棵樹，妳有事可以打給我。」文軒問了她的手機號碼，然後撥電給她，這樣大家都會留有對方電話號碼。

秀妍電話鈴聲響起，很可愛的貓咪聲，文軒記得，秀晶也是用這種鈴聲。

「那，我先走了，秀妍，妳保重。」徐文軒說完正想轉身離去。

「等等！」

剛好一隻腳踏出屋外，文軒冷不防被秀妍叫停。

秀妍走過來，認真地望著文軒，這是文軒第一次近距離欣賞她那雙迷人的眼睛。

「我不知道當晚你們去了哪裡，發生了什麼事，但姐姐回來後，全身酒氣，哭得很厲害，我問她是不是被拋棄了，她只說，跟他無關，全是姐姐的錯。」秀妍說，「如果真的不是你拋棄姐姐，希望你能夠告訴我當晚發生什麼事！」

文軒腦海中再一次浮現當晚的情景。

「我們約個時間再談吧，關於秀晶，其實我也有些事情想問問妳。」文軒望出窗外，天色漸漸黑起來，入夜了。

關上大門，留下秀妍一個人在舊居，文軒沒有下樓離開大廈，相反，他往上走，六樓再上一層就是天台，他推開門，站在空曠的天台上。

三年前，那個大雨滂沱的晚上……

秀晶喝了很多酒，這是她從未試過的，她打給他，說在天台等，那晚滂沱大雨，他趕到時，只見秀晶一人坐在天台地上，大雨把她整個人都淋濕了。

文軒趕緊跑過去把她抱起，想法子將她送回樓下住所，這時候，她拉住文軒的手，一臉認真地說。

「我們分手吧。」

文軒真不敢相信他的耳朵。

他不斷追問秀晶為什麼，但秀晶只是不停地哭，一時緊緊抱著文軒，一時又推開他叫他馬上滾。不知道糾纏了多久，最後大家都筋疲力盡，秀晶軟弱無力地倒在文軒懷中，說了一句至今仍然令文軒無法釋懷的話。

「離開我，我是不祥之人。」秀晶說，「我們是受到詛咒的一家！」

第三日　十二月二十一日

我睡至中午才起來，那些特效退燒藥令人昏昏欲睡，醒來時提不起精神，頭仍然有點痛，但狀態已比昨晚好得多，不過手腳有點乏力，看來今天不能四處跑動。

我看看室內四周，何信君及楊欣不知去哪裡了，但火堆已經生起來，是他們今早弄的嗎？我完全沒有察覺，這樣對我來說其實挺危險的，如果何信君真的是壞人，他要對我有所行動，我不能睡得像豬一樣，這樣只會令他有機可乘。

一定要儘快恢復體力，我開始吃帶來的乾糧，做一些伸展運動，我感覺到腿部肌肉有點酸軟，但整體還算過得去，至少，倘若有危險事件發生時，我要保證我有能力逃跑。

做完運動，我坐下來開始回想昨晚那個夢，不知是否受藥力影響，昨晚我居然發夢了，這還是被困這裡之後的首次。

那是一個很奇怪的夢，我夢見文軒。

他在我下班的門口等我，手裡拿著一束紅玫瑰，很老土的行為，但身邊的同事都說很羨慕。

我走過去，把他手上那束玫瑰扔在地上，對他說，請你不要再浪費時間了，我不可能再跟你一起。

突然他一把拉我到懷中，兩片厚厚的嘴唇印在我的唇上，他抱得很緊，令我感受到他胸脯肌肉的結實，很溫暖，很有安全感。我陶醉在他的熱吻中，不經意地用雙手圍繞住他的頸項，貪婪地吻著他。

我曾經深愛過的男人，曾經希望跟他一生一世的男人……

不行！他跟我一起會很危險的。

我大力地推開他，文軒臉上錯愕的表情，我至今仍然記憶猶新，為什麼天空好像下起雨來？

雨點打在他的臉上，他好像聽不懂我的意思，對我的堅持也顯得一臉茫然，他嘗試再一次抱住我，事實上我也很想重投他的懷抱，他對我總是那麼溫柔，那麼體貼。

但我不可以，真的不可以！這樣會連累他的。我忍著淚轉身就跑，就在這時，一個細小黑影正好站在我面前。

黑影距離我大約兩米，很近的距離，但我竟然看不清楚黑影的模樣，我心有點慌，回頭想找文軒，但他已經不見了，天空不再下雨，四周的景物也有所改變，這是哪裡？為什麼我覺得有點熱？

那個黑影慢慢走近，我很怕，閉上雙眼不敢望，是什麼原因令我這麼害怕？我不知道，我只想快點逃出這個地方，但雙腳卻不聽使喚，呆在原地一動不動。

「秀晶！」

是文軒的叫聲，在我身後很遠很遠地方傳來，他每次緊張時，總會發出顫抖又尖銳的叫聲。

我張開雙眼，剛才那個黑影消失了，但我找不到文軒，四周黑漆漆的，然後，我看見前方不遠處一個陡峭的山坡，有一個男人站在上方。是文軒！他站在那裡很危險！我連忙跑過去，想警告他，但當我跑近時，我發覺他身邊還有一個黑影……那個細小的黑影。

文軒像著了魔似的，一步一步走向山坡邊緣，就在他還差一步就要跌下去時，他回頭望了我一眼。

他不是文軒，是阿權！

就在他跌下去那一瞬間，我只聽見自己的尖叫聲，然後，我醒來了。

很奇怪的夢，但很真實，真實的原因，是我心裡面一直忘不了文軒，即使分開了三年，在夢中，我仍然惦掛著他。

秀妍，還記得以前跟妳提起過的文軒嗎？我好像沒有告訴妳，我們是如何認識的。我第一次遇見他時，他跟我搶截同一部計程車，我說我趕時間請他讓我，他堅持不肯，原來他是為他身後，坐在一旁陰涼處那位孕婦截的，他後來向我解釋，那位孕婦身體不適想前往醫院，所以向路過的他求助。

最後我跟他乘第二架計程車離開，他熱心地先載我到目的地，然後表示不用我付錢，算是剛才不禮讓我的補償，我說他並沒有錯，我應該付一半車資，沒理由要他付全費。

就在那一刻，當我們四目交投時，剎那間，大家好像有種默契。我們彼此交換了電話，他說，下次約我出來再處理車費問題，我欣然答應。

當然，我們下次出來時，壓根兒沒有討論車費的問題，我們兩人的雙唇已經貼在一起，沒有空間說多餘的話。

我一生人沒遇到過多少個好男人，但文軒絕對是上天對我的憐憫，他對我很好，好得令我有點不好意思，像我這樣一個充滿不幸的女子，何德何能獲得文軒你這份全心全意的愛？

你把你的過去都告訴我，你的出身、你的父母、你的前妻、你的兒子、工作上及生活上的大小事，你都坦白地跟我說，我知道，你很有誠意跟我共同組織一個新家庭。

如果我只是一名普通女子，我想我一早就跟你結婚生孩子，和你過著簡單幸福的生活，還有，我會將秀妍介紹給你認識，希望你能像愛護我一樣愛護她，不讓她受到傷害。

但我不是一名普通女子。

離開文軒是痛苦的決定，但也無可奈何，在事件未解決之前，我不能連累他，他是我最心愛的男人，我不能讓我心愛的人受到傷害。

但命運最喜歡捉弄人，文軒走了，阿權卻來了。

阿權對我很好，幾乎跟文軒一樣，有一刻我也真的被他打動過，但是，女人是一種對愛情很執著的動物，心裡面有一個空間，只會留給一個男人，若要容下第二個男人，除非把第一個男人從自己心中位置抹去。

所以對女人而言，世上只有兩類男人：自己所愛的男人，及其他男人。

對於自己所愛的男人，無論最後能否跟他在一起，都會想盡辦法去保護他，女人不會讓自己的男人受到傷害，為了他，女人願意付出一切。

但對於其他男人，女人可以很無情，即使那個男人對妳多好，但沒有愛的念頭，女人很難做出犧牲的行為。

對於阿權，我不能說對他完全沒有感覺，但愛不是單純的你對我好，我就對你好的等價交易，愛是一種很荒謬愚笨的直觀反應，當女人愛上一個人，即使他對妳不好，妳也願意無條件付出，別人問妳為什麼這麼傻，妳可能找不出其他理由，唯一的答案就是：「我愛他」。

我很感激阿權對我的付出，甚至，為了我的事而掉了性命，我昨日哭得很厲害，這是發自內心的感情，就好像失去了一位親人一樣，阿權的死對我而言很心痛，但是，沒有心碎。

秀妍，或者妳會覺得姐姐很無情，但我不能騙自己，妳可以罵姐姐利用了阿權，因為他知道方法如何解除詛咒，那間神社位處荒蕪，沒有他帶路，我根本不可能找到，但是，我事前已經警告過他，跟在我身邊會有危險，但他不理，硬要一起來，還說，有方法對付我最擔心的東西。

但他還是死了。

我救了文軒，但最終救不了阿權，是我自私？對的，我的確很自私，從小到大都是。

年輕時姐姐曾經犯下一個嚴重錯誤，就是出於自私，至今仍然被這個惡夢纏繞著，若果說一個人做了錯事會有報應，那麼這個報應如今正好應驗在我身上，被困這裡可能是天意，是我種下的惡果，姐姐從來不是一個完美的人，秀妍，妳失望嗎？

三年前那個晚上，妳還記得吧？自那天起，我再也沒有見過文軒，雖然他打了很多次電話來，但我都拒絕接聽，直至我臨出發前往日本前，我到了他家門口，本來想當面向他直接交代，但最後還是覺得，留下字條比較合適，對我對他都好。

妳曾經問我發生什麼事，我沒有告訴妳，因為那時候妳年紀還小，但現在妳長大了，而我也不知有沒有機會逃離這裡，或者，是時候告訴妳一件事。

我們家族，有一些不乾淨的「能力」，代代遺傳，必須加以驅除。如果不加以驅除，身邊的人，包括自己，都會有危險。

我自己倒是沒所謂，因為我的「能力」很弱，小時候偶然發作，長大後就沒有了，但秀妍妳就不同了，我之前嘗試過不同方法想幫妳驅除，但全都失敗，直至阿權告訴我這間神社的傳說，我才重新燃起希望。

或者說，這是最後的希望。

——李秀晶　寫於十二月二十一日晚上

三

徐文軒回到家裡，把自己關在房內，一個人沉思。

桌上放著一堆堆的卡牌，這本是他下星期要向公司提交的新遊戲方案，然而，他完全沒有靈感去做。

作為一名卡牌遊戲設計師，他的工作就是要設計一套簡單易上手，又具策略深度的卡牌遊戲，既能夠吸引新玩家入門，亦要保持一定的新鮮感，讓舊玩家願意繼續為新卡牌新組合付錢。

這對於已經是公司首席設計師的徐文軒來說，這本是簡單不過的事，但現在的他卻始終無法集中精神來。

「這張天使牌，應該讓它攻擊時不用橫置？還是使用技能時才不用橫置？」

「這張戰神牌，當己方場內擁有三張牌時，可以連續攻擊兩次，是否過強？」

「這張能量牌只提供三點能量是否太少？四點會否合適一點？」

平時在設定這些卡牌的平衡性時，文軒一般都能很果斷地作出決定，但今日他的思緒實在太混亂了，完全不在狀態。

他腦海中只有秀晶。

他還記得，秀晶曾經坐在他身邊，陪著他一起研究卡牌，秀晶其實完全不懂，但她會很有耐性地坐在一旁，雙眼定定地望著全神貫注工作的徐文軒。

「你知道嗎？你全神貫注思考時，很迷人喔！」

秀晶斜靠在文軒肩上說。

文軒回想，應該是他們剛拍拖第一年的事，那一年他過得很不如意，全靠秀晶，他終於捱過去了。

那一年也是他記憶中，秀晶笑得最多最甜的一年，他們幾乎每日都會見面，不是在妳家就是我家，徹夜纏綿，整個世界只有天與地，妳與我，文軒當時覺得，他是世界上最幸福的人。

然而秀晶並不是這樣想，對秀晶而言，文軒雖然重要，但還有一個人，比起自己及文軒，更加寶貴。

李秀妍，這個妹妹的存在，一度令徐文軒很困惑。

當他初次結識秀晶時，已經知道這個妹妹的存在，李秀晶的話題總是離不開她，不單如此，日常生活也總好像提醒你，她還有一個可愛的妹妹待在家中，正等待著體貼的姐姐回家照顧。

跟秀晶晚飯完畢，她總不忘額外買飯帶回家，說是為妹妹準備的晚餐。在商場買日用品時，秀晶總會買一模一樣的款式兩份，姐姐中意湖水綠，妹妹則喜歡天空藍，有次文軒幫她買了深藍色，秀晶很緊張地跑回店鋪要求店員換回。

有次兩人一起外遊時，秀晶不知打了多少次長途電話回家，問妹妹今晚吃了什麼？功課做完沒有？週六天氣轉冷，記得多穿件衣服。文軒覺得，秀晶簡直是姐兼母職，像媽媽一樣照顧著還在求學時期的女兒秀妍。

本來這樣也沒有什麼奇怪，文軒自己也是這樣寵愛兒子，即使跟妻子分開了，兒子還是自己的，對父母早亡的兩姐妹而言，感情深厚是理所當然。

但是，為什麼秀晶不肯讓他見秀妍呢？

記得有次文軒本想駕車載她們兩姐妹出外玩，秀晶推卻說，妹妹考試在即，自己要留在家陪她讀書，考試是真的，但不想讓他們見面的企圖也很明顯。

試過幾次文軒在秀晶家中過夜，本以為可以一睹妹妹芳容，豈料原來妹妹早跟同學外出旅行，這幾日不回家，這肯定是秀晶的刻意安排，明知妹妹不在，才讓自己前來，但為什麼要這樣？她妹妹不能見人嗎？

於是，曾經有一段時間，文軒懷疑秀晶有精神病，妹妹是假想出來的，根本沒有這個人。

交往初期，秀晶曾經告訴他，她的過去不堪回首，請求文軒不要問，她只希望跟文軒一起面對將來，過去的事，就讓它過去吧。

那麼，文軒推測，秀晶過去是否曾經遭受過重大刺激，例如曾經有個妹妹死了，導致她現在仍然幻想著這個妹妹的存在？

但是，在秀晶跟妹妹的電話通話中，又明明聽到電話那邊傳來一把甜美的少女聲音，不像是偽裝的。

而且當他在秀晶家過夜時，看見廚房的水杯碗筷，廁所的牙刷毛巾，又的確是兩人份。

當然最決定性的關鍵提示，還是跟秀晶探訪她親戚時，親戚每每會開口問：

「秀妍最近好嗎？過幾年就升大學，決定在本地還是國外升學呢？」

似乎精神病這個假設不能成立。

那麼秀晶不願意讓他見秀妍的理由，就只有一個：要保護她，因為她見不得人。

三年以來，文軒一直認為，秀妍可能是得到一些怪病，例如容貌或四肢有缺陷不能見人，就好像殘疾人士一樣，需要特別照料。又或者是情緒上出現問題，躁鬱症或憂鬱症之類，需要定時服藥。

然而，今日看見秀妍的模樣，她的說話談吐，她的神態舉止，完全跟一個正常人沒有分別，如果硬要說是有分別，那麼秀妍根本不是一個人，她是如仙女般的存在。

看來，問題是出在秀晶身上。文軒細心回想，對了，有一件事他一直覺得只是件小事，但如今回想起來，似乎並不尋常。

就在秀晶向文軒提出分手前大約兩個星期，有一晚秀晶來電，問今晚可否在他家中留宿。

當然沒有問題，文軒以為秀晶可能太想念他了，但當他見到秀晶一臉憔悴，好像多晚沒有睡覺的倦容時，他感覺到有些不妥。

秀晶沒有說太多，一來到就倒頭睡著了，之後兩晚也在文軒家睡，文軒問她發生什麼事，她說家中有老鼠，她很怕，已叫滅蟲公司清理，待幾日再回去。

問她秀妍去哪裡了，她說暫住親戚家裡，文軒感到奇怪，她不是一直保護秀妍不讓其他人接近她嗎？為什麼這個時候卻離開她？

其後文軒多方打聽，才知道秀妍幾日前參加學校的童軍訓練營，根本不在家，家裡只有秀晶一人，而且，據大廈管理處表示，根本沒有滅蟲公司來過。

文軒認為，秀晶來時一臉憔悴的樣子不是裝出來，她似乎在家已經好幾晚沒睡得好，但妹妹這幾晚又不再家，是什麼原因令她夜不能眠？

因為秀晶家中有些東西令她害怕。這是文軒能想到的唯一解釋。

當年秀晶的家，就是剛才遇見妹妹秀妍的那個舊居，秀妍說今晚要留在那裡過夜，真的沒有問題嗎？

文軒離開書桌走向睡房，在床邊拿起一部平版電腦，在上面掃了幾下。電腦裡儲存了很多他們兩人的相片及影片，對於文軒來說，這就是他對秀晶的回憶。每次當發現自己漸漸忘記了她的容貌時，文軒就會馬上重溫相片一次，每次重看，過去跟她的種種點滴，就會在腦海中重新浮現。

秀晶當年提出分手後，無論自己打多少次電話給她，發了多少次電郵給她，在她家及公司門口等了多少遍，她都無動於衷。文軒無法理解她為何如此決絕，心想是否自己做錯了什麼？抑或，秀晶已經另結新歡？但文軒始終得不到答案。

文軒知道，自己仍然是忘不了她，三年的時間未能沖淡對她的思念，相反，每次反覆重看過去的舊照及影片，只會令她在自己心中的烙印，一日比一日深刻，而自己的心情，也一日比一日沉痛。

我為什麼這麼聽話，她說不見就不見？我為什麼不死纏住她，直至她願意重新接受我為止？我明明知道她仍然愛我，為什麼我這麼容易就放棄？

離開我，我是不祥之人。我們是受到詛咒的一家！

這句話再一次在文軒腦海中響起，他很內疚，怪責自己未能好好守護秀晶，如果當初他能夠堅持一點，願意跟她承擔一切後果，那麼秀晶可能不會死，但現在後悔也來不及了。

電腦裡秀晶笑得很美麗，其中一張相她拿著為妹妹準備好的生日禮物，是一部全新的智慧型手機，這部手機也是文軒幫她選的。

「秀晶，我現在能補償的，就是保護妳一直以來最重視的人。」文軒下定決心。

第四日　十二月二十二日

昨日睡了一整天，今早精神好轉，我趁何信君外出後，悄悄地爬起身，開始搜查他的背包。如果他沒有帶在身上，那麼皮夾應該放在背包內，而皮夾裡一定有他的身分證明文件。

「Simon, evil, run!」

前晚那個怪男人的話，我記憶猶新，他所指的人一定是何信君，這裡除了他沒有第二個男人，而且，他的語氣帶點警告意味，直覺告訴我，這個怪男人是個好人，他在提醒我一些事情。

何信君的背包有三個，都是攀山滑雪用的，我逐個逐個找，終於發現皮夾放在其中一個較大的綠色背包裡面。打開皮夾，取出身分證，看姓名一欄：

何信君，英文名字Simon HO

他果然就是Simon！

他跟那個怪男人是認識的！

我全身打了個冷顫，這個男人到底隱藏了什麼祕密？如果阿權的死不是意外，又是否跟他和那個怪男人有關？

我繼續搜尋那幾個背包，看看能否找出一些線索，突然間，我發現一件很離奇的事。

這三個背包中，完全沒有女人用的東西。

那個女人，楊欣，這兩日都瑟縮在角落裡，沒有出過一句聲，但要說她跟丈夫一起來攀山滑雪，裝備一定不少得吧，但我真的沒發現她的東西，莫說背包，外套衣服也不見，她好像沒帶什麼東西就來到這裡。

難道她把自己的背包，收藏在其他地方？

我想起那棟最遠的屋子，那棟我唯一沒進去過的屋子。

前晚那個怪人，也是朝屋子方向走去。

不安感再一次從心底湧上來，我從阿權的背包中，取出一把摺刀，藏在自己身上，萬一何信君真的對我有所動作，我也可以用來防身，但是，倘若他倆夫妻聯手對付我，這把小刀又能保護我多少？

說起楊欣，今日一整天都看不見她，又跑到哪裡去了？

下午外面再次刮起風雪，我在屋內等待，他們應該很快回來，我心裡面已經想好應對策略。

秀妍，以下的敘述，我會多用對話方式去表達，因為很多話都是出自何信君之口，我若用自己文字去寫，有可能曲解了他的意思，我希望妳，或者將來發現這本手記的搜救隊，能夠正確了解他所說的每一句話。

何信君大約在天黑前回來，他把手上的鏟子放在一旁，開始將收集來的粗大樹枝折斷，生爐起火。

我右手伸入外套袋裡，握著摺刀，正準備問他關於那個怪男人的事情時，他卻先開口。

「妳聽過附近那座神社的傳說嗎？」

我嚇得差點把袋裡的刀掉出來，他怎麼知道神社的事？

「那座已經荒廢了的神社，」他說，「其真正名字已經沒有人記得，但聽說古時候是用來祭祀那對兄妹神明，好像叫伊邪那什麼的。」是伊邪那岐及伊邪那美，阿權做了很多資料搜集功課。

「那座神社，傳說只要誠心祈求，就能夠洗滌邪惡，將身上所有不乾淨的東西，通通消除。」

我背靠著牆，望向坐在火堆前的這個男人，心裡終於明白一件事：

這個男人出現在這裡並非偶然，他跟我一樣，想去神社。

「我太太患了絕症，醫生說最多只有半年壽命，我之前已經用盡一切可行的方法去治療她。」他續說，「這次是我最後機會。」

我望向屋子一角，楊欣不知何時已經回來了，安靜地瑟縮在那個角落中。難怪由第一日開始，她看上去樣子很疲倦，而且經常縮成一團，原來是有重病在身。

「我一定要把她帶來這裡。」他撥撥火堆，「傳聞那座神社一定要當事人親自前去誠心祈求，才能得到神明庇佑。」

一定要當事人親自前去？但阿權不是這樣說的，他說只要誠心，就算有人代表當事人前去，也可以得到神明庇佑。

「當然，我也知道路程上的風險，那座荒廢了的神社，其正確位置一直很少人知道，我們這些外地人，就算做足功課，收集資料，也很難在這冰天雪地的山頭，準確地找出神社位置。」他望著我說，「因此，我找來了一位當地嚮導。」

嚮導？難道是……

「他以前在這附近居住，我叫他做中村先生，他知道神社正確位置。」他繼續說，「來到這裡，我先安頓好妻子，然後跟嚮導離開，但一場大雪阻擋了所有通路，回程時我們被困在此處。」

「我們……？」

「我，跟那位中村先生，現在同被困於此處。」

秀妍，妳敢相信嗎？我自己當時也嚇了一跳，何信君居然如此坦白地說出他跟那個日本人的關係，更直接承認大家現時同被困在此處，我真不敢相信自己耳朵。

「我告訴妳，是因為妳遲早也會碰上他，我不想妳受驚。而且，我們之中有一個人已經死了，我不想同樣情況會出現在妳或我身上。」

「你這話是什麼意思？」我問。

「中村先生，精神狀態有些不穩定。」他說，「我們比你們早兩日來到這裡，這兩日路程中，他經常自言自語，我們溝通是用英語，但他自言自語時卻說日語，我聽不懂。」

「首兩晚被大雪所困時，我們是一起睡在這間屋子裡的。」何信君說時望望四周，「但不知道什麼緣故，第三晚，即是你們來到那一晚，他非常恐懼，自己一個人跑到最遠那棟小屋子裡，連食物也沒有帶去。」

「中村先生年輕時曾在神社工作，有通靈本事，就是能看見平常人看不見的東西。」何續說，「我覺得，他好像很害怕你們。」

我突然想起，昨晚那個怪男人，看著我身後，然後說出「As……」，他到底想說什麼？

「你為什麼不在我們剛來到時，就馬上告訴我們有這麼一個怪人存在？」我質問。

「對不起，其實你們突然出現，我自己也嚇了一跳。」他說，「我不知道你們是誰，不敢貿然告訴你們，而且中村先生的神經質，我也不知道是因為你們的到來，還是他本人的問題。所以第一晚，我決定保持沉默，這樣既可保護中村先生，也避免嚇怕你們。」

「第二日，我本來打算講出來的，誰知妳那位朋友……」

「那為什麼你現在才說？」我真的很生氣。

何信君低下頭，沉默良久，然後說。

「因為中村先生失蹤了。」他說，「前幾天他還躲在那棟屋子裡，但昨日我找遍所有屋子及附近地方，都不見他蹤影。我在想，告訴妳實情，可以讓妳有心理準備碰見一個衣衫襤褸的怪人，而且，妳亦可以幫我留意這個人，倘若妳碰見他，一定要告訴我。」

看來他還不知道我前晚已經跟那個怪人碰面，我決定暫時不告訴他，總覺得何信君還有事隱瞞，而且，怪人那句Simon, evil, run!仍然在我腦海中揮之不去。

秀妍，現在雖然夜深，但我仍未入睡，今日聽到太多的資訊，我心很亂，除了那位中村先生之外，最令我困擾的，就是何信君提到，神社一定要當事人親自前去才能見效，如果是真的，為什麼阿權對我說，只需要我一個人去，就可以解救妹妹？還是，他另有辦法？

我想我猜到一些東西，阿權似乎有事隱瞞著我，希望還不是最壞的情況，但倘若真的有不幸事情發生，就讓姐姐一力承擔。

——李秀晶　寫於十二月二十二日晚上

四

夜深，舊居的空氣似乎有點冷，溫度比起下午下降了許多，李秀妍獨自坐在睡房床上，這張床是她以前跟姐姐一起睡過的，雖然床褥因為日子久遠而變得有點硬，但她卻無比懷念，她決定今晚留下過夜。

姐姐會來找我嗎？秀妍忽然冒起這個念頭，她不懼怕，反而有點期待，她希望見到最愛的姐姐，那怕是以鬼魂方式，她也想再見一面。

自從下午那個男人—徐文軒離開後，秀妍便一直留在舊居，晚飯時間雖曾外出，但也很快回來，她不想離開這裡太久。

當然，秀妍沒有忘記今次來的主要目的，她彎下身，爬在床底下，拉出一個滿佈灰塵的紙皮箱，上面寫著「小秀妍的祕密」，她笑了一聲，翻開紙皮，取出裡面的東西。

箱子裡放了很多秀妍小時候珍而重之的物品，包括她與姐姐的合照，她幼兒院時的畫作，她的學業成績表，她以前寫的日記等等，當然還有她的醫療報告。

眼睛完好，沒有受損，視網膜及視覺神經正常，亦沒有發現任何可能影響視覺系統的創傷，對雙眼未能看見任何影像原因不明，尚待研究。

醫療報告似乎沒能提供什麼線索，秀妍嘆一口氣，似乎往這個方向查，不會得出什麼結果。

從手記敘述中可知，姐姐此行目的是為了秀妍，但如果單純是雙眼治療的問題，姐姐為何大老遠跑去日本找一個破爛神社？找醫生不是更好嗎？

秀妍推測，如果去神社祈求是姐姐的目的，那麼姐姐想解決的，應該是醫學上解釋不到的事情。

難道姐姐已經發現了？秀妍那麼多年都沒有告訴姐姐的事……不，一定是停車場那起事件，她一時說漏了口對姐姐坦白了，姐姐一定很擔心，但那件事真的這麼重要嗎？

等等，伊邪那神社！秀妍忽然靈機一觸，姐姐可能搜集了關於那座神社的資料，而那些資料可能還在這裡，或者從中可以了解到更多事情的真相。

她翻翻房裡的書架，沒有相關的書，她記得隔壁雜物房可能還有一些舊書，她決定碰碰運氣。

雜物房不算很大，主要用來擺放比較大件的舊電器，但亦收藏一些書報雜誌，秀妍看見角落裡一綑綑的舊書報，馬上鑽進舊書堆裡找，揚起的塵埃令她連打兩個噴嚏，但無礙她的決心，終於被她發現一本《日本古代神話傳說》的書，書中記載一段關於伊邪那神祇的故事。

伊邪那岐和伊邪那美本為一對兄妹神祇，降臨人間生下諸神，可惜當生下火神時，妻子伊邪那美不幸被燒死，丈夫盛怒下一劍殺死兒子火神，並親赴黃泉，希望接回愛妻重回人間。

秀妍雙手穿上手套，翻書頁並不靈活，加上這本書存放久遠，書頁開始發黃變脆，剛才已經不小心撕了一頁。

秀妍決定脫下手套，雖然姐姐千叮萬囑她如非必要，不要脫下。

自己也不記得何時開始戴手套，好像是眼睛剛康復之後一段時間，有一天，姐姐送了一對手套給她，說可愛的秀妍啊，妳穿上這對花花手套，一定很漂亮的，秀妍自己也沒有懷疑什麼，聽話地就穿上了。

最初還是有些不習慣，畢竟寫字時，還是不靈活，同學也報以奇怪的目光，特別是夏天時仍戴手套就顯得有點古怪，不過秀妍慢慢也習慣了，而且姐姐好像很堅持她一定要戴手套，她相信，姐姐不會害她的。

當然秀妍也不是二十四小時一直穿，有些時候還是會脫下的，洗澡時會脫，睡覺時會脫，天氣太熱時也會脫，但大致上只要環境許可，她都會乖乖地穿上。

脫下手套後，翻書頁方便很多，她繼續：

伊邪那岐來到陰間，在漆黑的黃泉大殿前跟伊邪那美對話，丈夫勸說妻子跟自己回到陽間，妻子答應，但要求丈夫不要看她，伊邪那岐好奇妻子這個要求，突然點火一看，驚嚇自己的妻子已變得面容扭曲，滿身蛆蟲蠕動，他嚇得馬上轉身就跑，伊邪那美不堪羞辱，先派出黃泉女鬼追趕，其後自己親自去追，追至黃泉比良坂，伊邪那岐用千引石堵住出口，隔著石向妻子說出分手誓言，雙方從此陰陽相隔。

秀妍心想，好可憐啊，那個妻子變成這樣也不是自己想的，男人就是只看顏值的生物嗎？樣貌醜陋就是罪嗎？秀妍憤憤不平。

突然間，秀妍感覺到外面客廳好像有些動靜，說是感覺因為她不是聽到什麼聲音，只是感覺有輕微的腳步聲，客廳的燈關了，只靠睡房及雜物房的燈照亮大約半個客廳，她伸頭出廳外，什麼東西都沒有。

是自己太敏感嗎？她走出客廳把燈亮了，光明把黑暗驅散，這就沒什麼好怕了，她回到雜物房，坐在地上，繼續未完的故事：

從黃泉逃出來後，伊邪那岐感到自己曾去過非常污穢的地方，見過非常醜惡的東西，他必須清淨洗滌自己的身體，他鑽進河裡沖洗，扔掉的衣服化作神靈，沖洗的污穢也化成邪靈，最後他洗左眼時化成天照大神，洗右眼時化成月讀命，洗鼻子時化成素盞嗚尊，也就是日後用雙手斬殺八岐大蛇的須佐之男。

後人為紀念這對曾經恩愛的夫妻，與建伊邪那神社以供奉之，傳說神社能洗滌所有污穢之物，驅散所有附身之物，只要誠心祈求，一切邪物皆可祛除。

外面又傳來動靜，今次感覺比前一次更強烈，有東西在客廳移動！秀妍雖然有點害怕，但又很好奇，因為那是一種很奇妙的感覺，似曾相識，但又不盡然。

難道是……

一想到姐姐，恐懼感馬上消除，即使是鬼魂，秀妍也很想見姐姐一面，她跑出客廳，但沒看見一個人。

「姐姐？」

秀妍低聲問，室內溫度好像突然下降了許多，四周寂靜得令人心寒，她靜心聆聽，然而沒有任何回應。

剛才那份熟悉感消失了。

天氣太冷，容易受寒的秀妍習慣把所有門窗都關好，保證寒風不會吹入室內，她檢查一次門窗，關得牢牢的，沒有被打開過。

這時候她轉過身，視線剛好落在那棵平安樹上。

平安樹的樹葉輕輕晃動，其中一片緩緩地飄落地上。

第五日　十二月二十三日

這裡的情況開始惡化，外面刮起五日來最猛的暴風雪，我一個人將自己關在小屋裡，食物已經吃光，我現在只是靠飲溶化的雪來過活，精神及體力開始衰退，有時連站也站不穩，我恐怕捱不過兩日。

但更嚴重的是，壓抑封閉環境對精神所造成的創傷，不是食物及水所能解決，而事實上，已經有一個人精神崩潰了。

何信君瘋了。

上午還好好的，但下午卻變成另一個人，初時他企圖殺我，但之後卻瘋瘋癲癲的跑了出去，我很害怕，一個瘋子是最危險的，我趕快把門窗關起來，堵塞住所有可能進來的通路，這也是為何只有我一個人在屋裡的原因。

我不敢睡，怕睡了他會回來偷襲，我躺下來，閉上雙眼，嘗試回想今日所發生的事情，看看能否整理出一些頭緒來。

次序是很重要的，就由早上發現那具屍體開始說起。

那個怪男人中村先生的屍體。

今早起來，我跟何信君一起出外，試圖尋找中村先生，我仍然沒有告訴他曾經見過中村的事，因為我覺得很奇怪，何信君為什麼如此緊張想找到他？更離奇的是，經常失蹤的楊欣，為什麼何信君反而沒有擔心過她的安危？他倆雖同處一室，但我從沒見過何信君跟他妻子說過一句話。

我和何信君分頭去找，我往那棟最遠小屋方向搜尋，他則往相反方向，我一直很想去那棟小屋看看，總覺得它隱藏了事件的真相，阿權死在附近，中村先生躲在屋內，我一步一步走過去，心跳得很厲害。

然而當我進入屋內，真的非常失望，裡面跟同村其他小屋沒有分別，到處都是雜物，到處都是灰塵，沒有地方可以隱藏，亦沒有發現可疑人物，總之，就是一棟很尋常的小屋。

正當我仍在屋內四處張望時，何信君從遠處大聲呼叫我的名字，我看見他站在其中一棟屋子門外，揚手叫我過去。

那是擺放阿權遺體的屋子。

我跑過去，心想一定出大事了，到門口時，只見何信君一臉疑惑，他沒有作聲，示意我進入屋內。

阿權遺體仍在，旁邊卻多了另一具遺體。

我一眼便認出是中村先生，他弓字形捲成一團，全身僵硬得比鐵還硬，雙目緊閉，張開大口，旁邊有一堆看似燒過的木柴或樹枝。

不過最令我驚訝的，是他手上握著的東西。

那是一個已經破碎了的鼻煙壺，碎片夾雜著一些白色的灰燼，散落在他手上及遺體旁邊，那些白色的灰燼很像拜神時的香爐灰，但又有些不同。

我認得這個鼻煙壺，是阿權特意帶來的，他說這東西非常重要，一定要隨身帶上，我問他裡面裝了什麼，他笑笑說：「到神社妳就知道了。」

這個鼻煙壺為什麼會在中村先生手上？是他故意從阿權穿的衣服裡拿出來嗎？但是他如何知道鼻煙壺在阿權身上？我從未對任何人提起過，自己也幾乎忘記了，要不然當我搬阿權過來時，早就將鼻煙壺拿出來了。

何信君問：「那鼻煙壺是你們的嗎？」

我回答：「是阿權帶來的，但我不知道有什麼用途，也不明白為何會在中村先生手上。」

何信君默不作聲，這不像平常的他。他蹲下來，非常認真地研究那些碎片及白色灰燼，完全無視旁邊那具屍體。

這種態度令我非常反感，已經死了兩個人，但他卻表現得非常冷淡，應該說，是完全不在乎的樣子，阿權的死或者你會覺得無所謂，但這位中村先生是你朋友吧？你們不是計畫一起去神社嗎？怎麼可以表現得像不相識一樣！

結果，何信君草草把中村先生遺體，用麻布覆蓋好，扔在一旁就算。我堅持要把那鼻煙壺碎片及灰燼帶走，因為那是阿權的遺物，我用本來裝著乾糧的保鮮膠袋裝好，然後兩個人冒著風雪跑回自己屋內。

外面天色愈來愈暗，看來另一場大風雪即將到來，何信君一回來便馬上生火，我也趕快幫忙，我瞥了角落一眼，楊欣依舊瑟縮在地上，雙眼仍舊盯住何信君。

幾經辛苦終於成功生火，我們三個圍住火堆。

由看到鼻煙壺及灰燼那一刻開始，何信君顯得有點不對勁，不但沉默少說話，面色也很難看。

良久，他終於開口。

「中村先生，其實是個好人，很有正義感，亦願意幫助人，特別是利用他的能力，我跟妳說過，中村先生有通靈能力。」

他開始有點語無倫次。

「但他太愛管閒事了。」

說到這裡，他突然站起來，拿起身旁的鏟子。

「妳是打算去神社吧！」

我心裡驚訝他如何發現的，但裝作沒聽見，他繼續說。

「我知道妳想去神社，但對不起，我不能讓妳過去。」

他拿著鏟子，向前踏出一步。

「那個東西，是拿去神社祈求吧，妳知道那是邪物嗎？中村先生有通靈能力，他能看見一些東西，他一定知道，他想去制止，但太遲了。」

「你在胡說什麼！」我終於忍不住。

「神社可以祛除所有污穢之物，不論是人或物件，我帶去的是我患病的妻子，妳帶去的就是那個被詛咒的邪物。那個邪物先害死譚先生，然後輪到中村先生，很快就輪到我們，我和妳，我們四個人全部都會死在這裡！」

四……四個人？

「妳知道那些白色灰燼是什麼……」

「等等！」我幾乎跟他同時出聲，「再怎麼說我們還有三個人在這裡，就算你不計阿權，中村先生是你朋友吧，你怎可以對他如此冷淡，他死了也不當一回事。」

他呆了，這是我第一次看見他驚呆的表情。

「妳說三個……在這裡？」

「我其實老早想跟你說，你妻子病得這麼嚴重，根本不應該帶她來這裡，你看看她現在這個模樣，有足夠體力去到神社嗎？恐怕未去到那裡，就要葬身此處，你想見到這樣的結果嗎？」我望向牆角，楊欣還是老樣子，軟弱無力地縮成一團，但盯著何信君的眼神依舊銳利。

何信君的反應卻出乎我意料之外，他後退兩步，鏟子跌在腳旁，面容嚴重扭曲，全身不停顫抖，看得出他非常驚恐。

「妳說，楊欣在這裡？」

我完全料不到他有此一問，由第一日開始，她就跟你一塊兒呆在這裡，你還問？

「她，不是就在你身後那個角落嗎？」

我指向那個角落，楊欣仍在，何信君轉頭一望，不到兩秒就轉回來，臉色蒼白得很。

「妳不要以為用這種技倆，就可以嚇怕我。」

秀妍，我此刻的心情實在難以形容，最初我看見他拿起鏟子走近我時，我覺得他想威脅我，甚至想殺人滅口，我很害怕很驚慌，但當我提及他妻子時，他的反應卻令我又好笑又同情，這個人是精神分裂嗎？一個在上午處理屍體時還那麼冷靜的人，到下午聽到我說楊欣時，他居然嚇得魂不附體，楊欣可是他妻子啊，他怕什麼？

但更嚴重的事在後頭。

他再次拿起鏟子，一步一步走過來，但雙腳抖得很厲害。

「我不會被妳騙到的。」他嘴裡一直唸唸有詞。

我把手伸入袋中握著刀子，心想恐怕要拼死一搏了。

但就在這時候，他停下腳步。

他視線停在我的後方，好像看見什麼東西，我是第一次見到一個人的面容可以如此驚恐，眼珠突出來好像快要掉落地上似的，面部肌肉不停抽搐，嘴巴顫抖得歪向一邊，他已經不能算是一個人，至少不是一個人的模樣。

我忽然想起，中村先生當晚也是吃驚地望向我後方。我馬上轉身向後望，什麼都沒看見，何信君這時卻像瘋子一樣，把我撞開，奪門逃出去。

我倒在地上，聽見他邊跑邊發狂地尖叫，叫聲夾雜風雪聲，響遍整個夜空，直至他的聲音漸漸遠去，再也聽不到時，我趕快爬起身關上門，把所有可移動的東西堵住門窗，我想叫楊欣幫手，但發現剛才還坐在角落的她，已經不知所蹤，她也看見我身後的東西嚇跑了嗎？

我驚魂甫定，軟攤在地上，很累，一連串沒有答案的詭異事情，我開始感受到什麼叫無助，什麼叫絕望，如今只剩下我一個人，我還能夠做什麼？

我拿出那袋鼻煙壺碎片，那些白色的灰燼，我突然想起中村先生當晚對我說的話，As……，當時我聽不清楚，但如果中村看得見靈體，他死時又手持鼻煙壺，而鼻煙壺裡又裝著這些白色灰燼，那麼As……會否就是Ashes?這樣就跟那些灰燼吻合了。

按此推理，中村先生，一個有通靈能力的人，感應到我帶來了灰燼，他自己靠對靈體的反應，找到那些灰燼，但是最終卻死了。

「中村先生年輕時曾在神社工作。」何信君這樣說，那麼，中村是想驅除灰燼上的詛咒？

那些灰燼，是阿權瞞著我帶來的……我好像猜到是什麼了。

灰燼……詛咒……阿權帶來的……不用親身前來神社……驅邪……中村看見的東西……何信君看見的東西……秀妍妳看見的東西……

——李秀晶　寫於十二月二十三日晚上

五

早上八時正，楊廣一如以往準時回到公司。

才三十多歲，年輕英俊的他，今日開始正式出任楊氏地產集團董事長一職。

放在他面前的，是那張他渴望已久的大班椅，就好像電視劇權力的遊戲中，那張鐵王座一樣，他老爸坐過，他妹妹坐過，如今，終於輪到自己，勝者為王，楊廣笑了。

處心積慮的部署，終於把礙眼的妹妹及妹夫，一併送上黃泉。

他最初還擔心計畫會失敗，畢竟人在外地，很多因素未必能按計畫進行，豈料一場大雪就把兩人活活弄死，真是天助我也！

楊廣覺得自己很聰明，至少他一直認為，他比妹妹醒目多了，更有資格成為楊氏的繼承人，董事長一職七年前就應該由他做。

最可恨的是爸爸，他竟然在臨終前，點名要妹妹楊欣做公司掌舵人。

不單如此，他死後大部分身家，都留給妹妹，自己只能分到少許。

這對楊廣來說簡直是絕大的侮辱，爸爸一向不喜歡他，這點他是知道的，但誰想到他偏袒妹妹得如此出面，楊廣還記得，爸爸過身後，他第一次出席董事局會議，年紀小的妹妹坐在董事長位置，年紀大的哥哥反而坐在旁邊副總位置，你叫其他董事看上去會有什麼想法。

「這個做哥哥的，能力一定比不上妹妹，要不然為什麼老董事長傳幼不傳長。」

「何止！還傳女不傳男，這個哥哥一定很窩囊，老爸才作出這樣決定。」

「聽聞這個敗家子只懂飲酒蒲夜場，每晚招呼不同女士回家過夜，自己開公司做生意又失敗收場，還欠下一屁股債，走投無路才回公司白吃糧，你說老爸怎會放心將公司交給這個兒子。」

「都是夫人寵壞了，愈來愈放肆，夫人過身後，老董事長也不留任何情面了。」

楊廣一腳把椅子踢飛，如果我是獨子，沒有妹妹就省事得多了。

或者是老媽在天之靈，又或者自己運氣爆燈，三年前，妹妹證實患上胃癌。

這下楊廣樂透了，只要妹妹過身，她所有財產及公司控制權，順理成章會交由他這位親哥哥負責。

但這時候楊欣竟然跟那個混蛋律師結婚了，按法律規定，假如有配偶的話，妻子死後名下所有財產將會由丈夫繼承。

楊廣非常鄙視何信君這個人，並不是因為他在法律界聲明狼藉，而是這位靠小聰明鑽法律漏洞上位的事務律師，竟然成功搭上自己的妹妹，令到自己繼承家族財產的美夢落空。

除此之外，撇開財產不說，何信君在明知楊欣有絕症情況下，仍願意跟她結婚，動機可疑，居心叵測，你說是為了真愛，楊廣一萬個不信。

女人就是心軟，尤其是心靈最脆弱的時候，突如其來的絕症打擊，絕對會令一個孤獨女人的防線，澈底崩潰在甜言蜜語的溫柔攻勢下。所以楊廣一直覺得，女人應該睡在男人的床上，而不是坐在男人的辦公椅上。

本想等待妹妹過身坐享其成，但如今這策略不行了，現在不能任由妹妹自然病死，這樣做只會令何信君得益，一定要想個辦法。

對，幹掉他們不就行了麼？自她們結婚開始，已經不止一次有這個念頭，但不能做得太明顯，最好安排得好像意外，事發地點要在外地，這樣自己就能有不在場證據，本地警方調查也有難度。

就這樣過了三年，一直苦無機會，楊欣的身體愈來愈差，本來還算標緻的樣貌，經過多次電療及化療後，也變得蒼老及扭曲，兩頰凹陷，像個老太婆，看來時日無多。

相反何信君愈來愈顯得意氣風發，他知道自己就快承繼一筆花一世也花不完的財產，那副嘴臉也愈來愈囂張，楊廣知道，他沒有時間了。

就在這時，機會終於來了。

在一次公開場合，楊廣結識到一位來自日本的朋友，名叫中村弘，從他口中聽到了關於伊邪那神社的傳說。

中村弘表示，自己年輕時曾在那個伊邪那神社工作，親眼見過很多垂死的病人，前來祈福後不藥而癒，現在神社雖然荒廢了，但仍然有不少信眾相信這個傳說，不惜攀山涉水前去祈求。

中村弘還提及自己能看見邪靈之物，說是小時候就擁有的能力。他解釋，其實世界是被一面鏡子分隔，我們活在一面，看鏡子時只能看見自己世界的反映，但有少部分人，可以看穿鏡子的另一面，看到另一邊世界的東西。

楊廣被這位日本人的故事吸引住了，不理它是真是假，腦海裡馬上計畫出一個他認為完美的殺人計畫。

楊廣先安排中村弘給妹夫何信君認識，隨即說出這個伊邪那神社的傳說，並慫恿他們兩夫婦前去，醫生已經判定楊欣沒得救了，神社是最後的希望。

一如所料，何信君最初頗不願意去，說律師樓事務繁忙走不開，又說這些傳說根本是無稽之談，但中村弘力證傳言屬實，並列舉了多個他親眼看見的例子，說起來非常生動真實，漸漸地，何信君也開始動搖了。

當然，楊廣也巧妙地利用了何信君之前對楊欣那份「恩愛」態度，令周圍的親戚朋友，都相信愛妻如命的何信君，一定會想盡辦法救她，即使是偏方也要試試，在眾人的期望及壓力下，何信君也不好拆自己的招牌，只好硬著頭皮，由中村弘作嚮導，帶楊欣去神社一試。

一切都在掌握之中，所有行程都是楊廣安排，包括派去炮製意外事故的「導演」。何信君萬萬料不到，這位忠厚虔誠的伊邪那信徒，會被大舅利用，把自己及妻子送去鬼門關。

不過更出人意表的，是一場百年一遇的大暴雪，把三人活活弄死了，對楊廣來說真可謂一石三鳥：妹妹跟妹夫因意外過世，不知情的中村弘也順便滅口，自己派去的人根本無做過任何事，楊廣是受益者但又能洗脫嫌疑，人生贏家。

誰笑到最後，誰笑得最好，上天對我總算不薄！楊廣又笑了。

不過只有一件事有點奇怪，就是妹妹楊欣死亡地點，不是何信君及中村弘所在的村落中，而是在伊邪那神社。

日本警方最初在村落中發現四具屍體時，並不包括楊欣在內，這個消息差點把當時的楊廣嚇壞了，難道妹妹沒死？大約三星期後，警方在距離村落四十公里外的神社，發現一具腐屍，經證實是楊欣，楊廣這時才鬆一口氣。

管他的！在哪裡死也沒所謂，總之死掉就好！

董事長室電話忽然響起，一定是陳律師打來的，楊廣今早就是等這個電話。

「喂，陳律師，安排遺產轉讓的事完成了吧？」楊廣沾沾自喜。

「對不起，楊總，遺產轉讓的程序要暫停一下。」

楊廣以為自己聽錯了。

「陳律師，你這是什麼意思？妹妹及妹夫均死於意外，我就是財產最後受益人，還有什麼可疑之處！」

「不，楊總，跟那宗意外事故無關，只是……我們剛剛發現何太，即是楊欣本人，在出發往日本前立下的遺囑。」

臭婆娘！一時大意，想不到她會另立遺囑。

「這份遺囑是由何太那邊的律師今早送過來的，聽那邊律師說，連何生也不知道有這份遺囑，內容其實很簡單，只是有點奇怪。」

「不要打啞謎，遺囑寫些什麼？」楊廣恨不得馬上把它燒了。

「遺囑上寫，如果何太，即是楊欣本人，早於其丈夫何信君先生死亡，所有財產將撥還楊氏集團基金，但若晚於丈夫過身，則全部捐作慈善用途。」

「那不就行了嗎！法醫不是說妹妹死亡時間，較其餘那些人早？那你還等什麼？」楊廣的焦急已到極點。

「對不起，楊總，法醫正確說法是：可能較其餘那四名死者早，但屍體嚴重腐爛，判定有困難，可能存在誤差，不能確定。」陳律師說。

「不過這不是重點，楊總，重點是，在村落中其中一名死者，親眼看見楊欣身在村落，而且，她還把經過寫在手記上。如果屬實，便有理由相信，楊欣是死在丈夫何信君之後，這情況下，按楊欣的遺囑，她名下的財產將全數捐作慈善用途，楊總你一分錢也拿不到！」

第六日　十二月二十四日

小時候，我可以看見很多古怪的「東西」，有些樣子很醜陋，有些則很漂亮，不過，隨著年齡漸長，慢慢就看不見了。

這幾十年來，我一直過著正常人生活，想不到，在我人生最後階段，我又重新看見了。

我看見「它」。

我總算明白發生什麼事了，我知道灰燼是什麼了，是我作的孽，就由我來承受。

阿權把「它」帶來了，儀式只需要灰燼就可以進行，阿權……為什麼不早點告訴我？你想獨自對付「它」？

只要到達神社，拿出灰燼，誠心祈求，解除詛咒，「它」就不會再纏住我們家。

但我們失敗了。

何信君昨晚沒有回來，他死在擺放阿權及中村先生遺體那棟屋子裡，是「它」幹的！

楊欣失蹤了，我不知道原因，也不想知道，已經沒有所謂了，「它」不會放過任何人。

自作孽，不可活，「它」是來向我討命的，就由我來結束這一切，我帶來的安眠藥，可以發揮作用了。

秀妍，對不起，是我連累妳，妳遺傳了一切，我沒法驅除妳身上的「詛咒」，也沒法解除「它」的威脅，妳最終一定會看見「它」，妳的能力比我更強，我一早知道，我很害怕，想救妳，但我已無能為力，沒有人可以幫妳了。

不，還有一個人，文軒或者會有辦法……算了，還是不要找他，他是好人，我不想連累他。

記住不要脫下手套。

秀妍，我永遠愛妳。

——李秀晶　寫於十二月二十四日晚上

六

徐文軒看完手記最後一頁，除下那副戴了七年的眼鏡，把手記放在梳妝台前的茶几上，眉頭緊皺，閉目沉思。

坐在他對面的李秀妍顯得有點拘謹，一想到面前這個陌生男人，是姐姐的心愛對象，心裡面總有份說不出來的感覺，從手記中可以看得出，姐姐非常掛念眼前這個人，但到底這位年屆中年的大叔有什麼魅力，秀妍卻看不懂。

徐文軒雖不算面目可憎，但相貌平凡，五官端正但沒有令人眼前一亮的地方，整張撲克臉給人一種呆板枯燥的印象，髮型過時打扮老土，衣著隨便沒有時代感，那副眼鏡很明顯戴了很多年吧。

不過，見他這麼用心地看完整本手記，秀妍心想，她今次來還是值得的。

悲劇發生至今已經三個禮拜，隨著楊欣屍體被發現，案件進入另一個調查階段，或者應該說，進入另一個死胡同。楊欣的死亡時間及地點，跟手記上的記載互相衝突，警方認為，如果不是楊欣懂得瞬間轉移能力，能夠短時間跨越四十公里的距離，就是李秀晶精神失常。

秀妍當然不能接受姐姐發瘋這個假設，但如果神智正常，手記上的內容該如何解釋？秀妍思前想後，還是要找一個了解姐姐的人一起商量較好，上次在舊居遇見那個前度男友，姐姐不是拜託他來處理那棵平安樹嗎？看來姐姐還是很信任他，直覺告訴秀妍，這個男人仍然很愛姐姐，一定會幫她。

更何況，對秀妍來說，楊欣消失之謎還是其次，最重要的是姐姐此行的真正目的，跟我所「看見」的東西有關嗎？那個「它」到底是什麼？？我應該告訴眼前這個男人，曾經發生在我身上的種種奇怪現象嗎？

徐文軒緩緩帶回眼鏡，用同情的目光望向秀妍。

「想不到妳會來找我。」他說，「我明白妳的痛苦及感受，事實上我一直對秀晶的事感到內疚及難過，如果我當時堅持跟妳姐姐在一起，或者悲劇就不會發生。」

「不能怪任何人。」秀妍說，「姐姐不想連累你，但結果還是連累權哥哥，雖說他很愛姐姐，但我知道，姐姐愛的是你。」

「我……我明白，秀晶在手記上提起我了，想不到她在那段日子，還會記掛著我，我現在總算明白她為什麼要跟我分手，謝謝妳讓我看了她最後的遺言。」文軒雙手緊緊地握著手記，眼角隱約見到淚光，「我不相信秀晶瘋了，她這樣寫一定有其意思，我相信會有辦法解釋到這些看似不合理的現象。」

「謝謝你，我也不相信姐姐瘋了。」

「秀妍，現在最重要的，就是幫妳解開發生在妳身上的謎團，秀晶似乎一直隱瞞一些事情，而這些事情可能很早之前已經發生過在妳身上，妳跟她相處這麼久，有否察覺一些連妳自己都覺得很奇怪的事？」

文軒心想，秀晶一定知道一些東西，她所說的家族受到詛咒，包括她，也包括妹妹，她去神社就是要解咒，但到底是什麼形式的詛咒？文軒想不通，從表面看不出她們兩姐妹有什麼異樣。

秀妍沒有作聲，她今日穿上黑色棉質手套，配襯淺灰色連身裙及短靴，整套配搭看上去是很尋常的冬裝，不過對愛打扮的秀妍來說，她已經習慣為不同款式手套，在不同季節配搭出不同風格的衣著品味。

對於以往姐姐的要求，她都言聽計從，從不問為什麼，但如今姐姐已亡故，事件卻謎團重重，為了查出真相，秀妍認為有必要把過去的事弄過明白，眼前這位大叔外表雖然沒有什麼可取之處，但感覺誠實可靠，秀妍下定決心。

「我剛出世時，雙眼是看不見東西的，醫生也找不出原因。」秀妍開始訴說自己的過去。

「這個我知道，秀晶有跟我提起過。」

「後來，大約六歲那年，我突然能看見了，雖然不知道原因，但我很開心，姐姐初時也很開心。」

「初時？」

秀妍點點頭。

「當我雙眼能看見東西，姐姐最初真的很開心，但慢慢地，我發覺她態度有點變了……其實我也不知道該如何形容，她總是顯得有點擔心的樣子，有時更會神不守舍。」秀妍繼續說。

「大約過了半年吧，我記得是由開學到翌年寒假那段日子，有一天，姐姐買了一雙很漂亮的手套給我，叫我以後任何時間都要穿在手上。小時候的我，只覺得手套很漂亮，很好玩，穿在手上其他同學都很羨慕，我就一直穿了。」

「手套？年紀那麼小就戴手套？」文軒問。

秀妍點頭，「我穿的時候是冬天，有些小朋友也跟我一樣戴手套，所以我也沒有覺得異樣，直至那年夏天，我不想再穿時，姐姐狠狠地罵了我一頓。」

「秀晶罵妳？」文軒感到很詫異。
「在我記憶中，那次是我唯一一次被姐姐罵，罵什麼我現在記不起了，總之就是要我以後一直戴手套，說是為我好，她還說，如果夏天覺得熱，姐姐會買一些質地較薄的，但是，一定要穿上。」
徐文軒忽然想起，手記上秀晶對妹妹最後的囑咐。

記住不要脫下手套。

秀晶生前要求妹妹戴手套，在臨死前仍然一再強調，手套真的那麼重要？
「那妳這十幾年來就一直戴手套？沒有脫下來？」文軒偷偷地瞄了那雙黑色手套一眼。
「當然不是。」秀妍臉頰泛紅，「總有些時間是不方便穿的，洗澡時會脫，睡覺時會脫，天氣太熱時也會脫，高中以後，姐姐也沒有太執著了，不過只要環境許可，我還是會穿上的。」
「其實我早已習慣了，外出時會穿，回家後直至洗澡時都會穿，洗澡後雙手塗上護手霜就不穿啦，到第二朝睡醒後出外，才會重新穿上。」

「當妳脫下手套，或者穿上手套時，有沒有發生一些古怪的事？」文軒問。

秀妍有些猶疑，難道這位中年大叔已經發現了？

過去那些事，該不該告訴他呢？但真的有那麼重要嗎？

「這個……沒有什麼古怪的事。」秀妍搖搖頭，還是先不要說，更何況，即使說了，大叔也未必相信。

文軒這時心想，秀晶急於叫妹妹穿上手套，應該是發現了一些事，而這些事可能危害妹妹的生命，這點她在手記中已經多番強調。

但到底發現了什麼？

事件的起點，似乎是秀妍雙眼康復之後，而秀晶手記曾記述，自己小時候能夠看見很多古怪的「東西」。如果將兩者串連起來，再加上秀晶那晚說的「被詛咒的一家」，那麼妹妹……

「秀妍，當妳雙眼康復之後，有沒有看見一些……不該看見的東西？」

文軒看得出秀妍露出錯愕的表情，說中了嗎？

「你意思是鬼眼或陰陽眼之類？」秀妍回答，「說實話，我看完手記後，才知道原來姐姐小時候能夠看見這些『東西』，但她從來沒有對我說過。」

「至於我自己，」秀妍低下頭，雙手緊緊握著，「其實我也不敢肯定，怎麼說好呢？我從來沒看見一些樣子醜怪的『東西』，但有時候，會有一種很奇妙的感覺，好像感覺有一個人在身邊一樣，我沒有看見什麼，但卻感覺到有些什麼在身邊。」

文軒不太明白她的意思，不過還是繼續問下去。

「妳這種感覺，是秀晶過身後才出現？」

「不是，小時候就有了，但可能是心理作用，有時好像感覺到有人在背後盯著自己，但一回頭什麼都沒有，我跟姐姐提起過，她說這種反應其實很多人都會有，不用大驚小怪。」

確實，文軒自己也試過，特別是在夜深的街道上，一個人回家途中，總會有這種感覺。

「有時這種感覺，會好似家人一樣親切。」秀妍說，「就好像上星期，你來我家舊居那晚，我一個人睡，有幾次感覺到有另一人在屋內，沒有看見，但感覺到，那份感覺是……熟悉的……親切的，就好像姐姐一樣。」

雖然現時仍不能肯定秀妍擁有鬼眼的能力，但徐文軒心想，即使沒有，她的第六感一定很強烈。

另一個問題，秀晶臨死前所提到的「它」，她很懼怕的「它」，到底是什麼？為什麼說纏著「我們家」？但秀妍好像什麼也不知道。

「秀妍，妳對秀晶寫的『它』，有什麼看法？妳感覺到有什麼東西纏著妳們家嗎？」文軒覺得，這是整個謎團的核心。

秀妍沒有立即回答，她從手袋裡拿出一包東西，用多張報紙及膠袋包紮得厚厚的，她遞給文軒。

「這是姐姐在手記裡面提及的東西。」秀妍說，「鼻煙壺碎片及白色灰燼，日本警方當做姐姐遺物，跟手記一併歸還給我。」

「我覺得，姐姐說的那個『它』，一定跟這些碎片及灰燼有關。」秀妍續說，「我不知道『它』是什麼，也沒有感覺有東西纏著我或姐姐，我把碎片及灰燼研究過一次，看不出什麼特別之處，所以想帶來給你看看，你可以保留，我暫時不會取回。」

文軒把那包東西接過手裡，從外表看不出什麼來著，他決定今晚仔細研究一番。

時間不早了，秀妍表示下午有課，是時候告辭，當她站起身時，文軒覺得有必要做一件事。

「秀妍，請勿介意，我可否看看妳雙手，我意思是妳脫下手套後的雙手。」文軒不好意思地說。

徐文軒很了解秀晶，對這個愛妹如狂的姐姐來說，為妹妹做的每一件事，出發點一定為她好，那麼戴手套目的，最直接的答案就是要保護妹妹雙手。

秀妍雙手一定隱藏什麼祕密。

雖然最初感到有點突然，但明白到文軒的用意，秀妍脫下手套。

文軒握著她雙手，感覺骨頭很細很軟，秀妍十指修長，纖細嫩白，皮膚光滑，可能因為長期戴手套，較少接觸陽光關係，手腕以下膚色明顯較白，指甲也很乾淨整齊，看得出是個愛整潔的女孩子。

文軒最初幻想會否有些觸鬚之類的東西，會在手指之間爆出來，但檢查完發覺只是一對平常不過的手，他心裡暗笑。

但就在此時，他察覺到秀妍有點不妥。

本來漂亮得如寶石閃耀般明亮的大眼睛，忽然失去應有光芒，變得混濁無神，她明明是望著文軒，但眼神卻顯得空洞，焦點模糊，好像靈魂已經脫離了軀殼一樣。這種狀況令文軒想起，以前小學讀書時，兩眼望著老師扮作專心聽書，但其實腦海早已雲遊四海。

她想什麼想得如此入神？

「秀妍？」文軒搖搖她。

秀妍好像突然從夢中驚醒一樣，她重新找回焦點，先望自己雙手，再望文軒那張臉，然後，她望向文軒身後方向。

「秀妍，妳沒事吧？剛才見妳發呆，身體不舒服嗎？」文軒關心地問。

「沒，沒事。」秀妍回復清醒，雙眼重新散發光芒，「可能最近太緊張吧，有點累而已。」

雖然秀妍這麼說，但文軒從她的表情可以看得出，她是知道剛才發生什麼事，而且，不止一次經歷過剛才所發生的事。

「我要走了，那些碎片及灰燼，如果有任何發現，記得通知我。」秀妍穿回手套，挽起手袋，向徐文軒道別。

送走秀妍後，文軒坐在沙發上開始思考，今日跟她談了很多過去的事，對她算是有相當的了解，而每當提及秀晶的往事時，兩個人都不約而同沉默下來，秀晶對他們兩人來說，實在太重要了。

李秀妍，秀晶寵愛的妹妹，一定有些不為人知的祕密。

文軒想起她臨走時那個靈魂出竅的模樣，眼睛看著你，但腦子裡卻好像在想另一件事情，如果是做白日夢還好，但他擔心的是……

她剛才的眼神……不像在想事情……

秀妍……妳看見什麼嗎？

小秀妍很喜歡住在隔壁的王姨姨。

姐姐要上班，不能整天陪伴小秀妍，加上自出世後雙目失明，姐姐便拜託王姨姨代為照顧。

王姨姨丈夫三個月前意外過世，自己育有一子，年紀跟小秀妍差不多，王姨姨非常同情小秀妍的遭遇，又覺得她可以跟兒子做朋友，欣然答應保姆這份工作。

小秀妍六歲時，雙目突然康復，全家包括王姨姨都很開心，小秀妍更開心，因為她終於看見把她帶大的王姨姨，及經常一起玩的小王，王姨姨很慈祥，人很好，小秀妍覺得很開心，除了姐姐外，小秀妍最喜歡就是王姨姨。

自康復後，王姨姨經常拖著她及兒子到附近公園玩，小秀妍很高興，她覺得，世界原來這麼美麗，能看見東西真好！

不過，為什麼站在王姨姨身後的那個男人，樣子那麼不快樂？他整天就盯住王姨姨，但王姨姨卻沒有理睬他。

如是者，每天放學後，王姨姨都一手拖一個，帶他們到公園遊玩，小秀妍亦每天都見到這個男人，王姨姨坐在哪裡，他就跟到哪裡，難道他認識王姨姨？

小秀妍很好奇，有一天，她走到王姨姨面前。

「姨姨，妳為什麼不跟叔叔說話？」

王姨姨問，哪個叔叔？

「站在妳身後那個，高高瘦瘦，長鬍子的，右邊面頰有條很深疤痕，幾乎劃破整塊臉，他一直盯住妳，妳認識他嗎？」

小秀妍不明白，為什麼王姨姨聽後面色大變，馬上拉她及兒子回家去。

過了幾天，有穿制服的叔叔來找姨姨，把她帶走了，小秀妍問姐姐，那些人是誰，姐姐說是警察。

從此以後，小秀妍再也沒有見過王姨姨。

——秀妍的回憶碎片　六歲那年

能夠遇見妳，是我一生人最大的幸福。

我還記得第一次跟妳約會，妳第一句就說：「離開我，我不是你所想那麼好。」

妳的眼神是迷惘的，憂鬱的，我深深被妳吸引住，我知道我已無法自拔。

跟妳相處的日子，開始知道妳的過去，了解妳的想法，妳有一個妹妹，好不容易走出困境，卻慢慢地墮入另一個更可怕的深淵。

歷史不斷重複，妳怕她跟妳一樣，重蹈覆轍，妳想救妹妹，但苦無辦法。

我明白的，為了妳，我不斷查找古往今來所有書籍典故，希望找出方法，解救妳唯一最愛的妹妹。

我說唯一，因為妳的世界，好像只為了她而活，我有時真的很嫉妒，妳愛妹妹，為了保護她，不告訴她真相，同樣地，妳的前度，為了保護他，也不告訴他真相。

那我算什麼呢？妳告訴我一切，說希望我能幫妳一起找到解決辦法，是否代表妳不愛我？妹妹也就算了，但妳的前度，我真的比不上他嗎？

以前常常聽人說，當你真正愛一個人時，是願意無條件付出，現在我終於明白這句話的意思，為了妳，我願意接受妳的一切。

在我翻查的古老書籍中，其中有一個關於伊邪那神社的故事，傳說那座神社能夠驅除一切邪惡，不少人親自拜訪得到治癒，聽上來值得一試。

秀晶，自從妳告訴我關於妳妹妹的事後，妳是如何想盡辦法保護妹妹，我是完全感受得到，不過，有一件事，我覺得妳錯了。

問題的源頭，其實不是妹妹，而是「它」，只有消滅「它」，問題才可解決。

所以，我瞞著妳把「它」帶來了，我知道妳不忍心，始終妳對「它」仍然有份虧欠及內疚感覺，所以沒有告訴妳，就讓我幫妳解決「它」。

如果有報應，就報在我一個人身上吧。

——譚偉權的回憶　雪山上最後一晚

七

原本以為科技進步，外國的一些歷史資料，應該很容易在網絡上搜尋出來，但李秀妍發覺自己錯了，網絡上的內容雖然豐富，但雜而不精，尤其是對一些較冷僻或偏門的資料，描述往往流於膚淺及表面，若想知道更深入的內容，還是得去圖書館。

今早圖書館裡人流比較少，或者是平日的緣故吧，秀妍記得關於外國文化及風俗的書籍放在三樓，她急步跑上去，在書架上開始搜尋她的目標物。

她要找一些關於伊邪那神社更詳細的資料。

自從那晚在舊居看過日本神話的書後，秀妍忽然很有興趣知道更多關於神社的事，雖然她不知道這些故事跟姐姐及自己有沒有關係，也不清楚跟姐姐所說的那個「它」是否有關，但是，秀妍自己過去的經歷，已令她有足夠理由循這個方向調查下去。

伊邪那神社的傳說不是很多人知道，權哥哥想必花了很多時間才發現得到，他為了討姐姐歡心真是拼了命，然而即使知道了有這樣一個傳說，信不信卻是另一回事，權哥哥憑什麼確信傳說是真的呢？同時間又能說服姐姐一起前去？

要找出神社詳細資料不是件容易的事，秀妍發覺書架上多本歷史書的記載，都只是片言隻語，很簡略的介紹，跟上次在舊居看那本書差不多，並沒有更深入的內容，秀妍已經看了十多本書，但並沒有什麼驚人發現。

正當她想放棄時，忽然想起圖書館應該有一些收藏類的書籍，這類書籍是不准外借的，只能在圖書館裡面看，當中可能有一些比較珍貴的典籍，會對伊邪那神社有更詳細的描述。

皇天不負有心人，終於被她找到一本專門講述日本神社起源及發展的書籍，當中包括伊邪那神社。

秀妍馬上把書借閱，找了一個寧靜的角落，開始閱讀。

伊邪那神社傳說最早見於奈良時代，聖武天皇天平九年，即公元七三七年，時值天花流行，天皇為求國民避開疫病，福澤全國，令各國造釋迦丈六像一尊，當時在高野山上，那座伊邪那神社傳說已開始流傳，很多感染天花的人自知難逃一死，抱著最後希望前去神社誠心祈求，竟然有人成功痊癒，之後一傳十，十傳百，很多患上絕症的病人，都會親身前往神社，期望神靈庇佑，早日回復健康，漸漸地，伊邪那神社凝聚了一班忠實信徒。

古時的人往往認為絕症也是厄運的一種，能夠醫好絕症，理應也能夠將厄運驅除，慢慢地，神社能夠驅除厄運的傳言也開始散播，一些沒有病，但運氣不好的人，會前來神社求轉運，另外一些不是肉體上受到傷病困擾，但精神上出現問題的人，神社也成為他們的治癒希望。

結果，伊邪那神社治病驅邪的能力，像神話一樣廣泛流傳，到桓武天皇遷都平安京後，神社的威名更達至頂點。

秀妍心想，原來伊邪那神社是有這樣一段典故，難怪姐姐會被說服前去一試，她繼續看下去。

桓武天皇及早良親王的故事，相信稍微認識日本歷史的人都會聽過。早良親王是桓武天皇的親弟弟，早年出家住在東大寺大安寺東院，哥哥登基成為天皇同時，早良親王應父親光仁天皇要求下還俗，並立為太子，結果弟弟成為哥哥的合法繼承人，對於已有一子的桓武天皇來說，自然心生不滿。

做皇帝的永遠想自己的子孫世世代代承襲下去，若然遇到障礙必定想辦法加以消滅，對桓武天皇而言，皇太子弟弟是一個障礙，所以他一直等待機會，結果於延曆三年，即公元七八四年，機會終於來了。

奉命興建新都長崗京，桓武天皇身邊得力重臣藤原種繼，於工地現場被暗殺中箭身亡，桓武天皇馬上動員全國之力展開調查，結果查出主謀正是早良親王，天皇哥哥宣布廢黜弟弟皇太子之位，並放逐其到淡路國。

早良親王到底是否主謀，目前仍無統一說法，但早良親王本人則一直堅持自己無罪，並絕食抗議，十天後，因身體過度衰弱餓死在流放途中。桓武天皇得知消息後，暗自歡喜，不單沒有收回放逐詔令，還下令押送官員將其遺體草葬於淡路國，一個月後，自己兒子安殿親王正式被封為皇太子。

結果厄運就由這時開始。

桓武天皇一家彷似被詛咒般，死了一個又一個，早良親王死後翌年，即延曆五年，皇妃母親過世；延曆七年，皇妃自己也去世了；延曆八年，天皇之母去世；延曆九年，連一直陪在自己身邊，桓武天皇最愛的皇后也突然暴斃；同年九月，皇太子安殿親王一病不起，這下桓武天皇心急了。

若說只有皇室家族死了幾個人，一般平民百姓根本不會理會，然而延曆七年到九年間，天災連年，農作物失收，之後更爆發瘟疫，餓死病死的人不計其數，延曆十一年夏天，天空突然響起一聲旱雷，之後暴雨成災，洪水泛濫，朝野上下，草民百姓，無一不人心惶惶。

桓武天皇澈底崩潰了，他到陰陽寮筮卜問占，得出結果是早良親王的怨靈作祟，天皇自己也心裡有數，於是開始作出一些補救措施，包括追封親王為崇道天皇，把親王屍骨移葬大和國，修廟建寺由高僧唸經頌佛，以及將首都由長崗京遷至平安京。

而就在這個關鍵時刻，桓武天皇留意到伊邪那神社的傳說。自奈良時代起漸漸在民間流傳的伊邪那神社，其實在桓武一朝已經頗具名氣，伊邪那神社治病驅邪的傳說，對於當時飽受怨靈困擾，已經不能再承受更大打擊的桓武而言，不理是真是假，都有一試的心態。

這就是有名的早良親王怨靈作祟的故事，秀妍雖然認為，天災橫禍未必因怨靈而起，但她明白，對於苦無對策的天皇以至老百姓來說，即使聽起上來很荒謬的方法，到了絕境也會嘗試。

就好像姐姐一樣。

桓武天皇是否曾赴伊邪那神社，一般史書大多沒有詳細記載，但秀妍手上這本講述神社發展歷史的典故，卻紀錄了很多野史及秘史，當中便提到桓武天皇一段鮮為人知的祕密行動。

聽聞伊邪那神社傳說後，在延曆十九年冬天，亦即是把早良親王移葬大和國那一年，桓武天皇親自帶著親王部分屍骨，祕密暗訪神社，目的就是要借神社之力，驅除早良親王死後留下的怨恨。

桓武天皇帶了三名陰陽師及十八位隨從暗地裡前往神社，出發時天氣極惡劣，烏雲籠罩整個高野山，大雨令上山路上泥濘不堪，舉步維艱，同行將領紛紛勸說天皇改日再來，但天皇堅持今日必須完成儀式，更親自背著殘骸上山，據聞，帶去神社的殘骸是親王頭顱。

沿路上不少隨從紛紛嘔吐大作，吐出來的是白色泡沫液體，行至山腰時已經有七人倒下，大雨夾雜狂風正面阻擋著天皇的去路，部分隨從因為看不清道路而失足墜崖，但天皇仍然拒絕回頭，到最後只有三位隨從能夠平安陪伴天皇到達神社門口。

到達後，天皇一個人進入神社，沒有人知道他進入神社後做了什麼，只知道回到京城後，皇太子安殿親王病情有所好轉，各地災情也逐漸受控，看似早良親王的詛咒，已經被伊邪那神社所驅除。但是桓武天皇仍然不敢怠慢，每年頌經念佛安撫亡靈，更於延曆廿四年五月，於紀伊國建立三重塔作為祭祀親王場地，其他祭祀地點還包括天皇陵附近的八嶋神社、奈良町的崇道天皇社、京都的崇道神社、當然，還有很少人知道的高野山伊邪那神社。

自此，終平安京一代，伊邪那神社仍然被民眾視作具有驅邪治病能力的神聖地方，皇室雖然一直沒有官方承認曾經到訪神社，但有關桓武天皇親身來過的傳言，卻像老人家向孩童說故事一樣，一代一代的流傳下去，直到四百年後，源賴朝建立鎌倉幕府，政治重心東移，平安京光輝不再，人們便開始將目光投向東邊，漸漸忘記舊都曾經流傳著這樣一個故事，而經過近一千年的時光來到現代，也只有極少數人還記得有這樣一個傳說。

秀妍每次讀這些像神話一樣的故事，都會讀得很入神，差點忘記了自己今次來圖書館的主要目的。

伊邪那神社的背景果然並不簡單，權哥哥一定是發現類似的典故，才會鼓勵姐姐跟他走一趟。而根據這項秘史所描述，桓武天皇把早良親王的頭顱帶去，一定是作為驅邪的對象之物，那麼……

秀妍幾可肯定，姐姐跟權哥哥帶去的那些白色灰燼，就是要放在神社，驅除邪氣的污穢之物！

但問題是，白色灰燼到底是什麼東西？

秀妍搖搖頭，想不通的事情實在太多，她愛姐姐，信任姐姐，但明顯地，姐姐有些事情瞞著她，那個她很懼怕的「它」到底是什麼？是怪物嗎？是鬼嗎？還是像早良親王一樣，是怨靈？

實在看得太投入了，秀妍自己也覺得好笑，但不理「它」到底是什麼，有一點可以肯定，姐姐所做的一切都是為了秀妍。

那到底如何將神社跟姐姐的行為連成一線？秀妍仔細想了一下，既然那些白色灰燼，是姐姐或權哥哥親自帶去，目的是要利用神社力量，驅除那東西的「邪惡」，而姐姐又經常提起詛咒，說要拯救我……

結論是，那些白色灰燼，一定跟我有關，而最大可能就是跟我看見的「能力」有關。

離開圖書館，心中雖然仍有迷惘，但秀妍不自覺地暗暗稱讚自己一番，今次前來的決定是正確的，應該說，收穫比想像中豐富，因為她終於找到少許線索，秀妍急著找徐文軒，一定要儘快告訴他這個新發現。

她一邊拿起手機，一邊急步朝地鐵站方向走去，正想撥號時，冷不防突然有一名男子從後把她叫停。

「對不起，請問妳是不是李秀妍小姐？」男人有禮貌地問。

秀妍停下腳步。

八

一輛名貴跑車停泊在圖書館附近，楊廣坐在駕駛座上，正等待一個人。

慎防認錯，他在手機按了一下，一張年經女子相片出現在螢幕前。

那份該死的遺囑！送到口的美食在嘴邊溜掉了，如果不馬上想個辦法，楊廣將不能繼承家族四分三的財產權益。

律師告訴他，妹妹楊欣的遺囑具法律效力，即是說，楊欣本人，若早於丈夫何信君死亡，她所持有的財產將撥還楊氏集團基金，楊氏集團基金目前唯一持有人就是楊廣本人，楊廣當然樂見這個結果。

但楊欣若晚於丈夫過身，則財產將全部捐作慈善用途，對楊廣而言，這是最壞的結局，他處心積慮多年，絕對不能在最後關頭失去一切。

那麼目前最關鍵的，就是要向法庭證明，楊欣比何信君死得早。

律師解釋，由於何信君死亡現場其中一名遇害者，臨死前寫下見過楊欣的情況，這點對楊廣非常不利，由於日本警方仍未就案件結案，手記仍為重要證據之一，倘若法庭接納手記內容為事實，那麼何信君死後，楊欣只是失蹤，不能判定死亡，按照楊欣遺囑，就絕對不能觸發「楊欣早於丈夫死亡」這個條件，財產不能撥入楊氏基金，楊廣便一分錢也拿不到。

目前唯一的解決辦法，就是要證實手記作者—李秀晶，是一名瘋子。

律師指出，只要能夠證實李秀晶在寫手記時，已進入精神失常狀態，又或者她本身根本是一個精神病患，那就可以推翻她所寫的內容，楊欣根本沒有出現在那條荒廢村落中，一切只是李秀晶的幻想，這樣法醫較早前對楊欣死亡時間的判斷就會比較有說服力，法庭採納機會較大。

所以，楊廣決定向李秀晶的家人動手，她唯一的家人。

只要能夠「說服」那位小姑娘，親口證實姐姐是個瘋子，或者曾經有精神病紀錄，手記的內容就不能當作證據呈堂。

以往他慣用恐嚇威逼，或者銀彈利誘的方法，本來他也想故技重施，但當他看見私家偵探拍下來的照片時，他改變主意。

多麼漂亮的一位小姑娘！他從沒見過這麼美麗的大眼睛，楚楚動人，他以前上過無數女模特兒們，論氣質，沒有一個及得上她。

楊廣色心頓起，他決定採用另一個方法。

把這個女子追到手，把她的心據為己有，到時候她人是你的，你怕她還不聽你話？

楊廣坐在車內，幻想著人財兩得的情景，這時候，他的獵物出現了。

只見李秀妍一個人從圖書館走出來，一邊拿著電話，一邊急步朝著地鐵站方向走去，楊廣趕快下車，從後追過去。

搭訕年輕女子最好方法是單刀直入，轉彎拐角反而容易惹她們反感，而且他有一個非常好的藉口。

「對不起，請問妳是不是李秀妍小姐？」楊廣有禮貌地問。

秀妍停下腳步，看得出她對突然有陌生人在街上跟她攀談，感到有點意外。

「不好意思，我叫楊廣，今次特意來找妳，是想問問關於高野山神社那件事，就是上個月發生在日本那宗事故。」楊廣展露他的笑容。

「你是……警察？」秀妍疑惑地問。

「不是，」楊廣回答，「我是其中一名死者楊欣的哥哥。」

「你是怎麼找到我的？」

「對不起，因為我對妹妹的死抱有很大疑問，所以拜託一位記者朋友，偷偷地查出其他死者親屬的資料，我今次專誠來找妳，是想了解多一些那幾天發生的事，我不希望我妹妹不明不白的死去。」

楊廣早有準備，所有答案都是預先想好的，他覺得打親情牌最能打動年輕女子的心，尤其當大家同病相憐時。

「我可以怎樣幫你？」果然，秀妍的戒心稍稍放下，眼神也由警惕轉為同情。

「我們找個地方坐下慢慢談好嗎？我的車就在附近，請跟我來。」

「不用了，前面有間咖啡店，就在那裡談可以了。」

噢，沒上當嗎？不要緊，第一次見面還是不要令對方起疑心較好。

兩人坐在咖啡店角落沙發上，楊廣點了一杯鮮奶咖啡，秀妍則叫了鮮橙汁。喝著咖啡，楊廣上下打量這位小美人，眼睛睜得大大的望著橙汁，雙手托腮呆呆的樣子，七分美麗卻帶三分稚氣，跟他認識的女明星模特兒們，可謂天使與魔鬼的分別。

世間上魔鬼有很多，但天使只有一個。

「你很愛你妹妹？」秀妍突然問。

「當……當然，」冷不防有此一問，楊廣回應得有點慌亂，「我最愛的妹妹，就這樣不明不白地死去，妳叫我這個哥哥怎麼能不痛心！」

「李小姐，我知道妳姐姐也是遇害者之一，說起來我們也真同病相憐。」楊廣打蛇隨棍上，「聽說她在現場親自用筆記下被困那幾日所發生的事，並寫成手記，恕我唐突，可否借閱？我想知道妹妹發生什麼事。」

楊廣明白，現在最重要的是找出手記上的破綻。

「我沒有帶出來，而且那是姐姐的私人東西，我想不太方便。」秀妍拒絕，「不過，我大致記得內容，你有什麼想知，我可以告訴你。」

看不到手記，先問問也無妨。

「李小姐，我想妳也知道，我妹妹最後被發現的地方，是在距離村落四十公里外的那座神社內。」楊廣問，「但據我所知，妳姐姐在手記上，卻寫下他見過我妹妹的事，這情況似乎有點不可能吧。」

「你知道得也挺多。」秀妍說。

「這是我拜託那位記者朋友調查的。」楊廣回答，「而且坊間已流傳這個傳聞，更被當作鬼故事，在網絡討論區傳開去了。」

秀妍低下頭，喝了口橙汁，說：「我姐姐的確有這樣寫，她說她看見楊欣……即是你妹妹，跟丈夫何信君呆在屋子裡，不過姐姐也覺得奇怪，楊欣這個人，總會無緣無故消失不見。」

「消失不見？」

秀妍點頭，「姐姐說，她幾次看見楊欣在屋內，但轉眼間又不見了，而且，同處一室的何信君，卻好像不察覺這個情況，或者說，完全不在乎楊欣去向。」

妹夫他，當時已經決定放棄妹妹了嗎？

「他們好像連談話也沒有。」秀妍說，「若從姐姐角度看，他們根本就互不理睬，很難相信他們是夫婦。」

「那麼，」楊廣開始入正題，「妳會如何解釋我妹妹在神社被發現，但妳姐姐卻說見到她在村落這個矛盾現象？」

「我不知道。」秀妍搖搖頭。

「會不會，其實是……」楊廣試探地問，「妳姐姐最後發瘋了，所以才寫下這麼令人難以置信的事。」

「姐姐沒有瘋。」秀妍回答得非常堅定，倒令楊廣有點意外。

「請勿介意我這樣說，」楊廣說，「但如果她沒有瘋，實在很難令人相信，一個人會同時出現在兩處地方。」

秀妍聽後想了一會，然後說：「我可以介紹一個人給你認識。他是我姐姐以前的男朋友，現在跟我一起調查這次事件，我比較蠢，很多事不懂分析，我想他應該可以解答你這個問題。」

楊廣欣然答應，沒有什麼事比儘快解決財產繼承權更為重要，一定要想辦法證明李秀晶是瘋子。

離開咖啡店，楊廣回去取車，想順道送秀妍一程，被她婉拒了。

約好下次見面時間，目送楊廣離去，秀妍從手袋裡拿出姐姐的手記，把它放在胸前。

秀妍小學時有兩位好朋友，志美及詩韻。

他們由小一開始認識，三人經常結伴參加課外活動，雖然不是同一班，但彼此非常投緣。

秀妍喜歡志美多一些，因為志美常常稱讚秀妍穿的手套好看，兩人也經常交換手套，秀妍覺得，志美手套的款式比姐姐選的更漂亮。

至於詩韻，學業成績佳，在功課及考試上幫助秀妍不少，不過為人較正經及古板，玩起上來沒有志美好玩，但卻有領導才能，是三人組的小領袖。

那一年冬天，志美及詩韻結伴到法國旅行，同行的還有雙方家人，她們本來有邀請秀妍一起去，但姐姐似乎不想，加上經濟狀況問題，最後秀妍沒有去。

三人組約定，新年假後第一天開課前，在學校小食店一起吃早餐，秀妍準備好姐姐煮的腸仔煎蛋和三文治，大清早返學，坐在小食店外的椅子上等。

秀妍沒有戴手套，因為志美應承她，會為她在法國買一對新手套，秀妍很期待。

遠遠看見她們兩人走過來，志美的笑容依舊甜美，但詩韻有點神色凝重。

詩韻一坐下，便把手上的一雙新手套交給秀妍。

「志美給妳的。」

秀妍望望她身邊的志美，為什麼手套會由詩韻交給我？

「咦，妳沒有買喝的東西？我去買。」詩韻跑去小食店。

秀妍不解地望向志美，問她發生什麼事，志美沒有回答，依舊展露她甜美的笑容。詩韻買完飲料回來，對秀妍說：

「秀妍，妳一定要保持冷靜，是關於志美的事……」

她放下兩杯橙汁。

——秀妍的回憶碎片　十歲那年

今日對我而言，是個重要日子。

對著鏡子，穿上西裝的我，雖然說不上英俊瀟灑，但也比平時帥氣多了，新買的皮鞋閃得發亮，是意大利名牌，跟秀晶上星期買的那雙高跟鞋是同一牌子，價格貴是貴了一點，但我覺得，能夠跟秀晶一起穿上她最喜歡的牌子，在今晚這個高興的日子，也是值得的。

今晚是我們認識四週年的大日子，也是我徐文軒，向李秀晶求婚的日子。

在我最失落最痛苦的時候，她一直陪在我身邊，跟我一起面對人生低谷中的種種苦難，她對我從不嫌棄，從不埋怨，更時刻鼓勵著我，與她相處這段時間，是我人生中最快樂的時光。

秀晶，過去四年，妳一直守護著我，幫我渡過人生低潮，現在，應該輪到我來守護妳了。

按照計畫，今晚我會駕車載秀晶一起看歌劇，這是事先約好的，看完後便會回我家中共晉晚餐，本來是想在外面找一間高級餐廳，希望利用周圍環境氣氛感動秀晶，不過她卻提議回家自己煮，這也無妨，我已準備好那顆一卡重鑽石戒指，就放在我的口袋裡，待她最不為意時，我就拿出來向她求婚。

我現在正糾結求婚時應否跪下，朋友說一定要跪，因為女方大多喜歡，但我知道秀晶不是這類人，太誇張的動作她是看不順眼的，但我最後還是決定跪著求婚，因為秀晶她最近看似有些悶悶不樂，下跪求婚或者可以逗她開心。

駕車來到秀晶家門口，她今晚穿得特別漂亮，深綠色V領墜地晚裝裙，腰間褶皺細節配上寶石裝飾，高貴得來帶點時尚感，腳上穿的正是跟我一起買的那雙高跟鞋。她實在太美了，我看著她看得入迷，完全忘記了歌劇還有半小時開場，不是秀晶催促我，我恐怕還呆在駕駛座，像個傻瓜一樣望著我心愛的人。

歌劇好不好看已經不重要，重要的是之後的安排。當秀晶來到我家裡，安靜地坐在一旁看電視時，我正為今晚的戲肉作最後採排。我躲在廁所對著鏡子跪了不下數十次，看著自己求婚時面部繃緊的表情，也偷笑了很多次，但無論我今晚表現如何不濟，我也要秀晶妳應承嫁給我。

秀晶，我對妳的愛意，妳一定感受得到，我想照顧妳及妳家人的意願，妳也一定知道，但是，為什麼每次當我想再進一步靠近妳，想跟妳共同面對將來時，妳卻突然退後一步，然後把我推開？

「對不起，我不能答應你。」

妳把鑽石戒指推回給我，低著頭，眼角流露一絲哀傷，是什麼原因妳要拒絕我呢？是秀妍？但我剛才不是說了，我會像愛妳一樣愛妳妹妹，疼錫她保護她，不會讓她受到傷害，妳是不相信我嗎？

「不，不關妹妹的事，完全是我的問題。」

是妳問題？難道秀晶妳已另結新歡？沒可能，這四年間我跟妳幾乎形影不離，若說妳結交另一個男人，我應該會察覺到的，而且妳也不是這類三心兩意的人，妳對我的付出，我完全感受得到。

「不是這樣的，文軒你誤會了，我愛你，很想跟你在一起，但是我做不到，至少，現在做不到。有一些事情，關於我及我家族的事情，必須先弄清楚，否則對你對我也不是好事。」

秀晶妳這是在胡說什麼？妳把我當外人了嗎？妳還不清楚我的為人？不論是關於妳本人或家族的事，我一定會全力幫妳，妳以前不也是幫我解決我與前妻的問題嗎？為什麼今次不讓我幫妳？

「我在保護你，文軒。我們家族，有一些不好的遺傳，我原本以為到我這代就斷了，但最近兩年，我發覺並不是這樣，有些事我一直在擔心，如果真的如我所料，我必須要想辦法制止，為了我們，為了秀妍，我都要這樣做。」

秀晶說話時把聲線壓得很低，小聲得幾乎聽不到，通常這樣說話，是因為怕被旁邊的人偷聽到，但這間屋內只有我和妳，為什麼秀晶妳要顯得如此緊張？妳生怕誰會聽見？

「我一定要先弄清楚發生什麼事，如果是我多疑了，那麼一切就會回復正常，到時候我們再一起計畫將來，我，跟你，與及秀妍。」

那麼，如果不是多疑呢？

秀晶沉默不語。

——徐文軒的回憶　分手前三個月

九

晚飯後，徐文軒關自己在書房，開始他的調查工作。

枱面上放著一堆鼻煙壺碎片及灰燼，文軒首先拿起碎片仔細研究，雖然秀晶形容是鼻煙壺，但其實只是跟鼻煙壺形狀大小相約，手掌大的小壺子，質料是陶瓷，夾雜一些玉石及玻璃，壺口較一般鼻煙壺闊，應該是方便將灰燼倒出倒入。

至於那些灰燼，很像拜神時的香爐灰，但當中有些較大塊片狀物體，不似是燒香會出現的東西。

文軒有個大膽猜測，這些是骨灰。

父親早幾年過身時，文軒親手將骨灰放入骨灰盅，多多少少有點印象，而且，譚偉權前往神社祈求，並把灰燼帶去，若說有什麼白色灰燼物體，能夠跟神社等宗教建築物扯上關係，一定是骨灰。

秀晶他們去神社的目的，是為秀妍驅除詛咒，但驅除詛咒需要當事人，即是秀妍必須親自前去，秀妍沒去，但骨灰帶去了，那麼，骨灰代替了秀妍，接受神社的祛除儀式。

但問題來了，秀晶在手記中，多次強調妹妹的「能力」，擔心妹妹的安危，甚至到最後承認她自己看得見「東西」，暗示妹妹秀妍也看得見，那麼按理說，詛咒應該是在秀妍身上，為什麼譚偉權只帶骨灰前去神社？

如果……如果骨灰是一切邪惡的源頭……

換句話說，詛咒不在秀妍身上，而是在骨灰上，譚偉權發現這點，才會帶骨灰前去。

秀晶一定知道那個「它」是什麼，甚至認識「它」，如果不認識，她不會說出「自作孽，不可活」的自嘲話。譚偉權知道箇中原因，故瞞著秀晶偷偷把「它」，即是骨灰帶來了，既然神社能夠驅除一切邪惡，那麼把邪惡根源的「它」驅除就好了，到時候秀妍的問題也可迎刃而解，譚偉權應該是這麼認為。

可是，即使這樣說得通，灰燼就是骨灰，骨灰就是「它」，但消滅「它」真的能夠解決秀妍的問題嗎？文軒總覺得，秀妍的「能力」，跟「它」是兩碼子的事，譚偉權會否攪混了？

而最重要的，「它」到底是什麼？

文軒此刻想起秀晶，她在手記中寫下種種超自然的現象，若按人類正常邏輯，真的很難推斷出一個合理的解釋，但是，如果承認這些現象是真實的，那又是否能突破盲點？

文軒馬上拿起紙和筆，將秀晶手記中提及的幾個謎團，歸納起來。

秀晶手記謎團整理

前提：

一、秀晶沒有瘋。

二、秀晶所寫的事項，無論多麼不合常理，都是事實。

秀晶之謎：

秀妍——譚偉權——詛咒——骨灰——「它」

一、秀晶及其朋友譚偉權，帶著不知從何而來的骨灰，試圖前往伊邪那神社。

二、伊邪那神社傳聞可以驅除邪惡，秀晶目的是要幫妹妹秀妍解除詛咒。（解除秀妍的能力？）

三、譚偉權只帶了骨灰，目的是要驅除骨灰的邪惡。（治本方法？）

四、譚偉權第二日摔死，被人殺？還是被邪靈殺？（骨灰要報仇？）

五、秀晶提到小時候可以看見很多古怪的「東西」。（她有陰陽眼？）

六、秀晶提到妹妹遺傳了一切，能力比秀晶更強。（陰陽眼加強版？）

七、秀晶最後一日看見的「它」，到底是什麼？

八、為什麼秀晶看到「它」後，會說「自作孽，不可活」？

九、為什麼秀晶臨死前一刻，仍然不忘提醒妹妹，不要脫下手套？

十、最重要一點，秀妍身上的詛咒，或者說家族詛咒，到底是什麼？

楊欣之謎：

何信君——重病——從沒說話——時隱時現

一、何氏夫婦真的前去神社嗎？（祈求康復應該是真的，但何信君這人是否可信？）

二、整本手記楊欣沒有說過一句話，為什麼？（重病所致？跟何信君吵架？）

三、楊欣時而出現，時而消失，為什麼？

四、警方最後發現楊欣屍體在四十公里外的神社，楊欣如何做到瞬間轉移？

何信君之謎：

楊欣——中村先生——前往神社目的——兩次大吃一驚

一、何信君好像不太理睬楊欣，為什麼？（吵架？）

二、何信君真心想讓楊欣痊癒康復嗎？（總覺得他並沒有那麼愛楊欣）

三、何信君認識中村先生，兩人一同前來，但為什麼表現得這麼疏離？

四、當發覺秀晶打算前往神社，為什麼會說「不能讓妳過去」？

五、當秀晶說出現場有三個人時，為什麼他會大吃一驚？

六、秀晶背後什麼東西令他嚇得奪門就跑？（「它」？）

中村先生之謎：

何信君——警告——通靈能力——神社工作

一、中村本來跟何同處一室，後來離開，真的是因為秀晶來了關係？

二、何形容中村好人，有正義感，願意幫助人，但之後又批評其愛管閒事，何解？

三、中村跟何到底是伙伴關係？還是敵人？（完全看不出他們是伙伴關係）

四、中村為什麼要警告秀晶，說何信君此人evil？（可有不可告人祕密？）

五、具有通靈能力的中村，為什麼去找骨灰？想毀滅它？（跟譚偉權動機一樣？）

六、秀晶背後什麼東西令他如此害怕？（跟何信君一樣？「它」？）

七、中村曾在神社工作，加上有通靈本事，他是否知道一些旁人不知的事情？

寫到這裡，徐文軒又想起秀妍，她是整件事的核心，若總結目前所獲知的情報，圍繞她身上的謎團大致有兩個。

第一，詛咒到底是什麼？文軒最初想到是家族遺傳陰陽眼的詛咒，但世界上不知有多少人有陰陽眼，即使看見幽靈也不當是什麼一回事，他不相信秀晶區區為了這個原因，會大老遠跑去伊邪那神社，而更奇怪的是，秀妍本人好像並不察覺詛咒這回事，兩姐妹對同一件事的態度，為什麼這樣分岐？

第二，秀妍雙手，自六歲起一直戴手套，手套的作用不外乎保護雙手，但有必要這麼長時間保護嗎？文軒親眼看過，秀妍雙手光滑無瑕，無傷無疤，為什麼秀晶這麼在意保護妹妹雙手？

太多的問題，太少的答案，文軒忽然覺得，自己對秀晶的了解其實不多，對她的過去，也只是一知半解，他認為若能從這方面深入調查，可能會發掘多一些她們兩姐妹的往事，對解開整個謎團會有幫助。

另外，對於現場其餘三名不相識的死者，何信君夫婦及中村先生，除了手記中的描述外，徐文軒對他們可謂完全陌生，到底有什麼方法，能夠知道他們更多的事情呢？

正當文軒苦惱之時，一陣悅耳的鈴聲響起，他看看手機螢幕，來電顯示是李秀妍。

十

三個人，兩男一女，私人會所貴賓室。

秀妍不知道這樣安排是否妥當，但讓這兩個男人碰面，或者可以突破目前調查的樽頸位。

而且，讓文軒大叔見見楊廣也是好事，她對楊廣這個人不太信任。

「放心吧，這裡沒有人打擾，可以暢所欲言。」楊廣以主人家身分，向徐文軒倒酒。

「謝謝，想不到原來你是其中一名死者哥哥。」徐文軒趕忙遞上酒杯。

對於楊廣，文軒的認識僅限於八卦雜誌狗仔隊的報導，經常跟女明星扯上關係的他，今日觀其真人儀表及談吐，也沒有改變自己對他的印象——膚淺。

不過，客氣話還是要說的。

「楊先生，令妹的死我也很難過，還請節哀順便。」文軒說，「不過關於令妹的死因，我想法醫方面可能知道得更清楚。」

「我不是想知道她的死因。」楊廣說，「我只是有些好奇，為什麼她跟妹夫會死在兩處不同的地方，更何況，有人見到妹妹出現在不應該出現的地方，無論如何這樣也說不通吧。」

徐文軒瞥了秀妍一眼，秀妍點了點頭。

「關於秀晶手記的內容，我有看過。」文軒聳聳肩，「坦白說，我有很多地方也不明白，相信對楊先生你的幫助有限。」

「既然連你也不明白，」楊廣試圖再次誘導方向，「那麼，手記就是一個精神失常的人胡亂寫上去吧！」

「這個我又不這麼認為。」文軒搖搖頭，「視乎你從什麼角度解釋事件。」

「你意思是……」

「令妹及妹夫，分別死於不同地方，但又曾經聚在一個地方，我倒是有一個看法。」

秀妍眨眨眼，他這麼快就解開謎題？還是故意編個故事，忽悠楊廣而已。

「秀妍，可否借手記一用？」

秀妍瞪大雙眼，她當然不想把手記交給陌生人看，但文軒大叔真誠的目光說服了她，姐姐不也是很信任他嗎？她從手袋中拿出來。

文軒翻開中間一頁，用手遮住其他部分，對楊廣說。

「第四日有一段記載，秀晶是直接用何信君的話，來表達他本人的意思，因為秀晶怕理解錯誤。」

以下的敘述，我會多用對話方式去表達，因為很多話都是出自何信君之口，我若用自己文字去寫，有可能曲解了他的意思。

「接著你看這裡，是何信君的對話。」

「他以前在這附近居住，我叫他做中村先生，他知道神社正確位置。」他繼續說，「來到這裡，我先安頓好妻子，然後跟嚮導離開，但一場大雪阻擋了所有通路，回程時我們被困在此處。」

「何信君在這裡其實漏了口風，本來大家都以為，他跟楊欣及中村先生，是正前往神社途中，遇到風雪，被困村落中。」文軒說，「情況就跟秀晶一樣。」

「但其實，何信君及中村先生，已經去了神社，他們是回程途中遇到風雪，才被困村落中，你看他說回程時我們被困在此處，就知他一時說溜了嘴。」

「既然如此，那麼妹妹也是跟他們一起回程？神社祈福完成了嗎？」楊廣問。

「這裡我有兩個解釋，就是我剛才所說，視乎你從什麼角度解釋事件。」

「第一，楊欣跟他們回來了，秀晶在村落見到的就是她，但後來不知什麼緣故，楊欣失蹤了，在所有人全部死後，她跑了四十公里路回到神社，最後死在那裡。」文軒對楊廣說，「如果接受這個解釋，謎團就是楊欣如何克服天氣及地理障礙，成功回到神社。」

楊廣心想，承認這個即是承認楊欣較何信君晚死，所有財產捐作慈善用途，不能接受！

「那麼第二個解釋呢？」楊廣急著問。

「第二，楊欣根本沒有回來，她被丈夫遺棄在神社，回程的只有何信君及中村先生。手記中他說來到這裡，我先安頓好妻子，安頓好意思就是把她安置在神社，然後跟嚮導離開，但一場大雪阻擋了所有通路，回程時我們被困在此處，這段不用多解釋，他們兩人在村落中碰見秀晶他們，四個人就被困那裡。」

「其實這個推論亦呼應中村先生之後的舉動。」文軒繼續解釋，「如果中村先生如手記所描述，是一個正直的人，你猜他會如何看待何信君棄妻這個行為？鄙視，不屑為伍，這就解釋了為什麼他要跟何信君分開，原因不是秀晶他們到來，而是他不想跟何信君呆在同一屋簷下，所以自己一個人跑到最遠那棟小屋子裡。」

「明白了！」秀妍同意文軒的推論，「就是因為這個原因，中村先生警告姐姐，說Simon, evil, run!因為他覺得，突然將妻子拋棄在荒涼神社的何信君，行為等同謀殺，他看清此人人格極其邪惡，故提醒姐姐多加提防。」

文軒點點頭，「若從手記中人物行為來分析，我個人較傾向第二個看法，那位看似精神失常的中村先生，其實是個好人，相反，看似正常的何信君，卻是個壞蛋。」

「但是，」秀妍繼續問，「為什麼何信君要拋棄妻子？他前去神社目的，不就是要救妻嗎？」

「這個，我也不太了解。」文軒望向楊廣，「動機方面，在手記中看不出來。」

楊廣當然了解，但此刻的他只想證明，妹妹楊欣死得比妹夫早，這就行了，其他的事根本不值一談。

他覺得，第二個看法比第一個好，楊欣身在神社，還是有機會較身在村落的何信君死得早，咦？等等……

「徐先生，但是手記作者好像也親眼看到妹妹楊欣在村落中，假如你剛才所說成立，那麼楊欣當時應該是在神社，而不是在村落中，這又該如何解釋？」

「這就是整個雪山事件的核心所在。」文軒一邊說，一邊把手記還給秀妍。

「秀晶所看見的，不是楊欣本人。」文軒淡淡地說。

想不到，這座神社會是我最後的歸宿。

商場的角力，家族的鬥爭，一切都是為了錢，我很累，很厭倦這種生活，如果有一天能夠回歸寧靜，脫離塵世間所有是是非非，你說有多好。

我有這個病，對我來說是一個解脫，我沒有怪誰，相反，我渴求生命最後一刻的到來，那時候，我才是真真正正獲得自由。

我丈夫及我哥哥，自甘墮落成為俗世中的魔鬼，為了錢拼過你死我活，兩人同時想利用我謀取家族財產，我沒有那麼笨，既然他們那麼想要錢，我就要他們一毛錢也拿不到。

那份遺囑只有簡單兩條條款：若我早於何信君死亡，所有財產將撥還楊氏集團基金。到時候，我丈夫眼巴巴看著到手的財產送回給死對頭，律師出身的他一定訴諸法律爭產，我哥也不是省油的燈，誰勝誰負我沒有興趣知道，但一想到他們花費大量金錢時間對簿公堂，自相殘殺我喜歡。

至於另一條條款，若我晚於何信君過身，則全部財產捐作慈善用途，只是後備方案，以我目前身體狀況，沒有可能達成，但萬一這座神社真的有奇蹟，那麼，對不起了，你們兩個人一樣是一毛錢也拿不到。

我實在太興奮了，可能太想看看丈夫反應，剛才他送我來這裡時，我冷冷地說了遺囑的事給他聽，「你以為我不知道，你當初跟我結婚的如意算盤嗎？」他聽後臉色蒼白的模樣，很可愛啊！

他用髒話罵我，用腳踢我，用手打我，我都沒有感覺，我笑得太開心了，這應該是我人生最後一次的笑聲，我笑完後怒目瞪著他，他怕了，就這樣把我像垃圾一樣，棄置在這裡，頭也不回轉身走了，站在一旁的中村先生，可能聽不懂我們的語言吧，對何信君突然的舉動，只是呆若木雞，不知所措。

說起中村先生，他的確是一位好人，瘦弱的身軀包藏著俠義的心腸，他幾次試圖在大風雪下背我下山，但雪太大了，他走兩步便倒下來，最後沒有辦法，他只好把我送回神社，說了一番話，我雖然聽不懂，但估計應該是他下山去找救兵，回頭再救妳的話。

一個外人尚且有惻隱之心，兩位親人卻豬狗不如，還望來生各行各路，永不相見。

——楊欣的回憶　神社內最後一晚

可怕！實在太可怕了！

我把自己關在停屍房裡，把所有雜物通通堵塞門窗，雖然室內放有兩具屍體，但比起外面那個「東西」，這兩具冷冰冰的屍體算什麼！那個「東西」，不要讓我再看見它一眼！

難道這就是報應嗎？把自己妻子留在神社不理，以她目前虛弱狀況，根本無可能獨自逃生，這是謀殺啊！

活該！誰叫妳這樣氣我，楊欣，我照顧妳那麼多年，少少回報妳也不給我，由我娶妳第一日開始，妳應該知道我是什麼人，妳以為我貪妳青春貪妳漂亮？還不是因為妳有錢！

我沒有殺人，楊欣反正也活不久了，放在哪裡結果都是一樣！

我沒有殺人，譚偉權不是我殺的，當日早上，我只見他著了魔似的，一個人跳落山坡下的雪地，像是有人在下面呼叫他，但我明明沒有看見人啊！

我沒有殺人，中村弘不是我殺的，雖然回程時他對我說了一大堆我聽不懂的話，很煩很討厭，但我沒有殺他！好吧！我承認，我是動過殺機，我希望在那個蠢女人找到他之前把他殺了，免得洩露我把妻子留在神社的事，但在我動手之前，他已經死了，我真的沒有殺他！

一定是那個蠢女人！她帶來了恐怖的東西，那些不是普通灰燼，是骨灰！我聽中村弘說過，有些人，死不瞑目，怨念會殘留在骨灰上，成為詛咒。骨灰一日不除，詛咒一日存在，必須把骨灰上的怨念驅散，才能解開詛咒。

我必須把那個女人殺了，她一定是去神社！她想帶著骨灰去神社！不能被她發現楊欣屍體在神社內……等等……她剛才說什麼？楊欣在這裡？楊欣就在我身後，一直陪伴著我……這幾天都如是……這女人瘋了！真的瘋了！她是楊欣在黃泉派來取我性命的使者嗎？

什麼！你是如何進來的？我明明堵住了所有門窗，不要望著我！不要碰我！你全身潰爛成這樣，皮膚一塊一塊的，像烤豬一樣，你看你的容貌，一隻眼睛幾乎掉下來了，那半邊臉是骨頭嗎？媽啊！救命呀！我不要錢了，全給你了，不要過來！不要過來！！

——何信君的回憶　村落裡最後一晚

十一

一樓……二樓……三樓……四樓……

一步步沿樓梯往上走，本來秀妍表示自己一個回家可以了，但文軒堅持送她，兩個人就這樣重溫這條大家都很熟悉的路。

秀妍第六感告知，文軒有事想問她。

剛才的聚會，因為突如其來的電話叫了楊廣出去，臨時中止了，楊廣再三道歉，說有一些重要事要馬上跟律師商量，故不得已要立即離開。

兩人走到舊居門口，秀妍心想，應否招呼他進內呢？

剛才那段推論，實在非常精彩，能夠從手記中少少蛛絲馬跡推敲出來，證明這位姐姐前度，真的很用心地看手記。

觀察力這麼敏銳，那會否留意到自己當日的失禮舉措？會否發現……

「秀妍，我剛才那番推論，妳覺得如何？」徐文軒突然一問。

秀妍如夢初醒，看看四周，原來當她在思考同時，兩人已經走入客廳。

「很精彩啊！」秀妍說的是真心話。

「那妳即是相信，秀晶所看見的，不是楊欣本人，而是她的鬼魂？」文軒再問。

「如果從姐姐手記所記載的內容分析，」秀妍低頭輕聲回答，「只能相信鬼魂存在了。」

「不是，不是這樣。」徐文軒變得認真起來，他望向秀妍，「妳選擇相信剛才的推論，妳選擇相信秀晶看見的，是已死去楊欣的鬼魂，不是因為秀晶手記中的記載，而是……妳自己也有同樣的經歷！」

果然，秀妍早料到他看出來了。

「秀妍，我很愛妳姐姐，也希望能像妳姐姐一樣，守護著她最重視的人。」文軒說，「這是我現在唯一能替秀晶做的事。」

秀妍沒有說話，她靜靜地坐下，試圖迴避文軒的視線。

「秀晶說過，她小時候能看見很多古怪『東西』，她亦說過，秀妍妳遺傳了一切，能力比她更強。」文軒繼續展示他推理能力，「換句話說，秀晶知道妳擁有這種能力，而且，她可能親眼見過妳使用這種能力。」

秀妍從手袋裡拿出那本她珍而重之的手記，將它放在胸前，一雙顯眼的紅色纖維手套令文軒更為在意。

「我心裡一直好奇，為什麼秀晶堅持要妳戴手套，戴手套不外乎保護雙手，如果將這行為聯繫上看見古怪『東西』，那麼答案就很明顯了。」

文軒突然握著秀妍雙手，本來抓得牢牢的手記也掉在膝蓋上。

「秀妍，我相信妳遺傳了一對鬼眼，並擁有一雙敏感的手，不戴手套時，會看見幽靈鬼怪之類的東西。」

秀妍甩開他雙手，仍然沒有回答。

「秀妍，妳試試回想，」文軒繼續自顧自說，「在妳十多年的人生中，真的沒有遇過一件奇怪的事嗎？而這些奇怪的事發生，正好就是妳脫下手套，讓雙手暴露在空氣中的時候，真的一件都沒有嗎？」

秀妍搖搖頭，不是這樣的，如果是鬼眼，她很早就知道該如何面對了，然而，她看見的，不單純是幽靈鬼怪之類的東西……

她看見更多東西。

「其實，跟手套沒有多大關係，不論有沒有穿，我都有機會『看見』。」

秀妍下定決心坦白說出來。

文軒屏住氣息，時間彷彿這一刻停頓了。

「我自己也不清楚是什麼一回事，但我不會把它當成是自身的詛咒。」秀妍繼續說，「事實上我早已習慣了，這現象已成為我生活中的一部分。」

「六歲開始，我斷斷續續看見很多零碎的片段，有些一閃而過，有些停留的時間較久，我不知道是什麼，也不知道什麼原因觸發它們出現，我說『看見』其實並不正確，應該說，它們直接出現在我腦海中。」

秀妍雙眼再次散發獨特的魅力，她望著文軒說：「例如，當日在你家裡，你觸摸我雙手時，我看見姐姐……當時很大雨……在天台……好像被一個男人抱在懷裡……那個男人是你嗎？」

十二

「陳律師，我妹妹的律師團怎麼說？」楊廣怒氣沖沖的接過電話。

「楊總，他們最多只肯寬限四十八小時，到時候如果我們還提不上證據，證明楊欣小姐，較其丈夫何信君先生早死，那麼遺產就會全數捐給慈善機構。」

「他們有什麼權力這樣做！楊欣就算不是早死，也不代表晚於何信君死。」

「楊總，這就是我急忙找你的原因。」陳律師說，「據那邊律師團透露，日本警方初步傾向，楊欣小姐本來是在村落裡，待所有人死後，才跑去神社。」

「荒謬！那有人會在那種天氣跑回去等死！」

「楊總，你要明白，與其要警方相信，楊欣人在神社，魂在村落這種無稽之談，不如相信她克服地理環境，排除萬難前往神社，雖然同樣荒唐，但起碼容易向上級交代。」陳律師道。

「而且，楊總，你知道那些受捐助的慈善機構，它們的法律顧問是誰嗎？還不是楊欣小姐的代表律師！那些律師為了自身利益，必定全力爭取遺產，聽說其中有律師行已提出祕密捷徑一說，並搜集證據證明楊欣是循祕密捷徑前往神社，你說，他們為了錢，什麼事都幹得出！」

「那你呢？」楊廣怒吼，「我每年給你多少顧問費？告訴我現在應該怎麼辦！」

「目前只有一個辦法，就是替那位手記作者，叫李秀晶什麼的，偽造一份精神病紀錄，我們以前不是也做過嗎？那個倒楣鬼被我們弄到沒瘋變真瘋呢！」

「只要證實手記是一個瘋子所寫，」陳律師繼續說，「手記內容就不能成為呈堂證據，那麼楊欣小姐就不會存在於村落中，對方律師就無法證實楊欣小姐晚於何信君先生死亡！」

事到如今，楊廣也唯有放棄追求李秀妍這個方法，畢竟時間緊逼，遺產緊要。

「只是，有個最大障礙，就是她妹妹。」陳律師解釋，「她曾經在警方面前堅決否認姐姐是精神病患，警方當然相信親屬的證供。除非……我們交出這份偽造精神病紀錄時，她失蹤了，又或者，她自己也是精神病患！」

不經不覺在九度山町生活了十個寒暑，男孩明日就要搬去東京居住。

雖然說，男孩也很想看看大城市，但知道離開後不會再回來，總是萬般捨不得。

特別是，捨不得住在山上神社附近的老伯伯。

從小到大，男孩經常看見一些奇怪的東西，有時候，那些東西會瞪著他，令男孩很驚恐，全靠認識老伯伯，他才知道他那種能力叫鬼眼。

老伯伯好像什麼都知道的，他教了男孩很多課堂上不會學到的知識，其中男孩最感興趣的，就是一些古老傳說及宗教歷史，例如附近那座伊邪那神社的故事，男孩聽得津津有味。

老伯伯今日會在神社工作，男孩決定要好好向他道謝，感激他教導自己勇敢面對能力，鬼眼並不可怕，加以善用，甚至可以幫助別人。

男孩來到神社前，只見老伯伯站在門口，手上捧著一個大盒子，在他前面有兩位長者，好像正跟老伯伯道別。

兩位長者一男一女，看上去像一對夫婦，年紀應該跟老伯伯差不多，甚至可能更年長，兩人都一頭白髮，看樣子不像本地人，是外國來的嗎？

男的跟老伯伯握手後，轉身離去，女的卻沒有跟男人走，她獨個兒走入神社內。

男孩走上前，正想問個明白，老伯伯先開口。

「你看見那個女人嗎？」

男孩點頭。

「那個男人是來解咒的。」老伯伯說，「他太太臨死前，拜託他要將這件東西，送來這裡，放在神社內淨化。」

男孩望望盒子內的東西。

那是一對乾巴巴的手，一對女人的手。

——中村弘的回憶　神社外最後道別

姐姐以前有位朋友，在鄉下有間大宅，秀妍記得小時候經常去玩，她還記得，那位朋友有個跟自己同齡的外甥，叫周天宇。

雖然說不上青梅竹馬，但他們感情很好，她喜歡叫天宇做宇哥哥，至於天宇，每次都是紅著臉對秀妍說：「大眼妹，我們去玩喔。」

那一年夏天，秀妍跟姐姐再次來到大宅，天宇帶點害羞地約了秀妍，黃昏時在河畔見面。

大宅後院不遠處，有一條小河，秀妍到達時，剛好夕陽西斜，天空映出一片泛紅，倒影在河面上，令河水都染成醉人的酒紅色。

秀妍在河畔小路來回踱步，一邊欣賞這醉人美景，一邊心裡納悶，宇哥哥為什麼還沒來。

這時候，天宇從遠處跑過來，他一身整齊的衣服，跟他平時比較隨便的打扮截然不同，他對秀妍笑了笑，遞上一包曲奇餅。

這是秀妍最愛的牛油曲奇餅，她吃了兩塊，然後不客氣地整包放入自己手袋。

兩人沿著河畔小路漫步，秀妍正陶醉在這幅美麗的圖畫中，天宇問。

「大眼妹，為什麼妳今日不戴手套？」

秀妍把雙手伸向天宇面前，十隻手指塗上最新款粉紅色指甲油。

「今日的衣著打扮跟手套不搭配呢，讓我雙手放一日假好嗎？」秀妍撒嬌回答，「咦，宇哥哥，你聲音為什麼跟以前有點不同了？」

「大眼妹，妳喜歡我嗎？」

對天宇突如其來一問嚇了一跳，秀妍臉頰紅得跟天空一樣顏色。

「不知道。」秀妍邊說邊跑近河邊，這時候，她看見河中心有個女人。

女人好像已經失去知覺，一動不動，她抱著一個像水泡或木板之類的東西，全靠它載浮載沉於水中。

那個女人大概是遇溺吧！秀妍正想回頭叫深諳水性的天宇，他已經二話不說跳入水中。

「宇哥哥！小心！」

秀妍看見他游近女人，一隻手抓住了她，但水流太急，天宇剛好被一個大浪蓋過，兩人一起沉入水中。

秀妍大叫，希望附近有人聽見，隔了一會，有個渾身濕透中年男人走過來。

「有個女人掉落河裡，我朋友想去救她也出事了，快想想辦法。」秀妍哭出來了。

中年男人眼神有點迷惘，他望向河邊，再望望秀妍，然後搖搖頭。

「怎麼可能一日來兩次？」中年男人自言自語。

「你說什麼？」

「我在說，我正想回家換件乾衣服，然後去警局，怎會來兩次一模一樣的意外！」中年男人解釋。

「就在剛才，半小時前吧，我在這裡救了一個女人及想救他的男人，但兩人看來都不行了。」

半個鐘頭前？我跟宇哥哥大約一五分鐘前在這裡碰面……

「我認得那個男人，他就住在前面大宅，名字好像叫周天宇。」

秀妍用手掩著嘴巴，這怎麼可能？以前就算看見……從未試過這樣。

中年男人望望四周，空無一人，他疑惑地問秀妍。

「我救他們時，並沒有其他人在現場，妳是如何知道半小時前的事？」

宇哥哥，剛才還跟我說話……秀妍猛然醒起，那包曲奇餅……

她趕快從手袋裡拿出來，那包曲奇餅，全濕透了。

——秀妍的回憶碎片　十四歲那年

十三

按照秀妍的指示，徐文軒來到一間安老院，他要找一個人。

昨晚跟秀妍商量過，彼此都對之後調查方向提出意見，文軒認為，假如「詛咒」真的是遺傳性的，那麼秀晶秀妍的父母，很有可能都有這種「詛咒」，循父母甚至更遠的祖輩方向調查，可能會發現新線索。

秀妍則有另一個想法，她說姐姐很少提及年輕時候的事情，故從姐姐年輕時的生活圈子調查，可能有幫助，特別是，秀妍對六歲以前的事，一直印象淡忘。

於是，兩人決定分頭行事，並約定今晚在舊居見面，交換情報。

雖然秀妍出世不久，父母便去世了，但姐姐一直有跟父母的朋友聯絡，其中有一位是母親的朋友，算一算她今年也七十多歲了，住在深圳一間安老院裡，姐姐幾年前仍有去探望她，秀妍覺得，她似乎是看著姐姐長大的人。文軒向秀妍取了地址，決定明日一早去探探她。

至於秀妍，她說會找姐姐一位朋友，但欲言又止，文軒問她那位朋友是誰，他認識嗎？秀妍只說，他不會認識，因為連秀妍自己也未曾見過這個人，姐姐也從來沒有對她提起過，秀妍之所以知道這個人的存在，因為她「看見」了。

對於秀妍雙眼的事，徐文軒覺得很神奇，自己從未向秀妍提及那一晚，自己跟秀晶在天台發生的事，但她卻知道了，而且，把當時文軒抱住秀晶的情境，描繪得有八九分相似，她當時在現場嗎？不可能，倘若秀妍當時在現場，他們第一次在舊居相遇時，她便不會問他當晚發生了什麼事！

那麼，唯一解釋，就是秀妍自己說的，這十幾年來一直伴隨她的能力，一項她已經習以為常的能力。

秀妍能夠看見別人的回憶。

文軒到現在為止，仍然覺得難以置信，但除此之外，實在沒有別的解釋。那一晚風雨交加，他擁著自己心愛的女人，女人提出分手，並說出家族可怕的遭遇，這情境深深烙印在徐文軒的腦海中，即使到現在，仍然歷歷在目，秀晶的悲傷，秀晶的絕望，他難以忘記。

這份回憶，就被秀妍看見了。

到底有什麼科學理據，去解釋這種超自然現象，文軒不知道，但他總算明白秀晶的苦心。

秀妍能夠看見回憶，主要是透過雙手的接觸，當雙手觸碰到當事人，她就能看見對方執念最強的回憶，即是對方最在乎、最為意、最刻骨銘心的回憶。

雖然秀妍反駁，就算穿了手套，有時一樣能夠看見對方的回憶，但文軒相信，這是因為對方那份回憶情感太過強烈所致，即使穿了手套一樣能夠接收清楚。打個比喻，電波訊號太強，即使隱藏在室內的接收器，一樣能夠接收外面的訊號。

這個發現真的不得了，試想想這能力一旦公開，秀妍會成為多少科學家爭相研究對象！秀晶之所以要妹妹戴手套，目的就是要減低接收訊號的機會，而且，不希望妹妹被那些突如其來的景象所嚇倒。

不過，秀妍比任何人想像中堅強，她沒有因此而恐懼，沒有將心裡的不安告訴姐姐，姐姐以為穿了手套就沒事了，但秀妍明白問題不是簡單一對手套所能解決，當然，手套減少了她看見的次數，但最重要的，是秀妍開始接受了，她跟這能力已經融為一體，這亦是她不認為這能力是詛咒的原因之一。

那麼秀晶本人是否也擁有這能力？如果從手記的內容分析，答案是肯定的，不過秀晶的能力，似乎沒有妹妹強，正如她自己所說，她只有小時候曾經看見過，長大後就沒有了，文軒也從來沒看見她戴手套，似乎雙手作為接收訊號的中介體，只有妹妹才有。

真相逐步浮現，秀晶在雪山突然重拾看見別人回憶能力，那麼她所看見的種種怪異現象，就有一個合理解釋，所謂的詛咒，其實也沒有想像中嚴重。

但是，徐文軒總覺得，有些地方不對勁。

站在安老院接待處門口，一下子想得入神，文軒差點忘記了今次前來的目的，直至職員叫了他的名字，他才抬起頭，見到他要找的人。

那是一位老奶奶，雖然七十多歲但看上來仍然精力充沛，臉上的皺紋無法遮掩她炯炯有神的雙目，看得出是個有經歷的人。

她是秀晶媽媽的好姐妹，親手抱過初生秀晶，照料秀晶長大，如親人一般的存在，由於樂天知命，大家都叫她做笑婆婆。

十四

已經等了兩個小時。

剛才職員說，他出外用膳了，下午應該回來，李秀妍只好耐心地等待。

昨晚從文軒大叔口中得知，自己這種能力叫做閱讀回憶，那麼，從小到大，間中窺見姐姐腦海中的這個男人，一定是姐姐以前經常見的人。

秀妍不認為這個男人是姐姐的舊相好，因為從她所看見的影像，這個男人對姐姐頗為抗拒，不單止避免眼神接觸，甚至乎不想跟她談話，反而是姐姐主動找他，並送上很多禮物。

本來秀妍對這些影像已經習以為常，很多時看過就忘記了，但她之所以對這個男人留下印象，除了因為跟姐姐有關外，男人的容貌及影像的地點，也是原因之一。

那個男人半邊臉給毀了，一隻眼睛閉上，似乎是盲了，看樣子是被火燒成這樣。

男人背後是一格一格的石碑，每一格都貼著一張人頭相，小時候看見不知道是什麼，現在當然知道了，是骨灰龕。

那個男人在骨灰龕，跟姐姐見面，而且不止一次。

又是骨灰！絕對不是巧合。文軒大叔說過，姐姐拿去神社的灰燼是骨灰，那麼跟這個男人有沒有關係？無論如何，今日一定要弄個明白。

好不容易找到骨灰龕地址，秀妍趕忙向職員形容那個男人的特徵，幸運地，職員知道他是誰，他是這裡的職員，已經做了三十多年，換言之，姐姐來這裡見他，絕對跟骨灰的事有關。

回想昨晚跟文軒大叔的討論，的確獲益良多，雖然大家都搞不懂這種能力的由來，但他的分析，解答了秀妍多年來的疑問，因為她一直覺得，自己那雙眼睛並不是鬼眼，因為她看見的東西不是這麼簡單。

現在，秀妍終於了解是什麼一回事，當她那雙手接觸到別人時，就能夠看見對方的回憶，回憶的執念愈強，愈容易看到，回憶的情緒愈強烈，愈看得清楚，由於文軒大叔對當晚的雨中情境非常深刻，所以被秀妍一下子看出來了。

如果姐姐也遺傳了相同能力，那麼楊欣消失之謎，就很容易解釋。

姐姐看見的，不是楊欣本人，也不是楊欣鬼魂，是何信君的回憶。瑟縮在一角，雙眼死盯住何信君，一副很憤怒的樣子，連續幾日都是同樣姿勢，同樣動作，這是楊欣被遺棄在神社裡，對何信君怒目而視的樣子。對何信君的遺棄，楊欣一定是感到憤怒、絕望、悲痛，這是她對丈夫最後的控訴，這副表情，深深烙印在何信君的腦海中，姐姐由第一日開始見到的楊欣，就是何信君潛意識記起神社內的她。

還有一點可以證實楊欣乃何信君之回憶，而這點只有秀妍能夠明白。這種能力，只能看見回憶，不能聽見回憶。回憶中出現的人和物，不會發出聲音，秀妍之前看見別人的回憶，全部都只有影像，沒有聲音，而楊欣在秀晶的記述中，從來沒有說過一句話。

想到這裡，秀妍覺得楊欣很可憐，有錢又如何，還不是被丈夫拋棄。姐姐連續幾日都能從何信君腦海中，看到楊欣的影像，可想而知，她的怨念有多大。

總算對自己的能力有基本了解，秀妍嘆了一口氣，姐姐說我的能力很強，算是吧！秀妍知道，即使穿上手套，有時也有能力看到對方的回憶，假如脫掉了，即使沒有接觸對方身體，單純將雙手暴露於空氣中，也可以看見一些殘存記憶，很零碎，但的確看見了，至於是誰人的，不知道。

只不過，有一件事秀妍仍然想不通。

如果說，姐姐所講的家族詛咒，就是看見別人的回憶這件事，這種程度的能力，真的有需要跑到高野山，煞有介事地去驅邪解咒嗎？這能力真有這麼可怕？會否有點小題大做？

秀妍自問，這能力只是比別人看多一點東西，而且也並非經常看到，她小時候已經適應了，為什麼姐姐會那麼害怕？

「喂，阿彪，有位美女找你！」

秀妍回頭，剛好跟那個半邊臉給毀了的男人，打個照面。

十五

「啊，你是秀晶的老公？」

笑婆婆雖然七十多歲，但身體依然健壯，只是耳朵有點聾。

「不……不是，我是秀晶的男朋友……應該說是前度男友才對。」文軒吞吞吐吐地說。

「唉，兩夫妻少少吵鬧是正常的，牀頭打架牀尾和，你要多多遷就秀晶啊！」

看來她還是聽不懂。

「婆婆，其實我今次來，是想向妳打聽一下秀晶父母過去的事，秀晶一直很少提起他們。」

一聽到秀晶父母四個字，笑婆婆突然收斂笑容，氣氛變得很嚴肅。

「是秀晶叫你來的嗎？」

「嗯，對的。」看來她還不知道秀晶的事。

「唉，這個可憐的孩子，終歸還是瞞不過她。」笑婆婆一臉正經地說。

「秀晶跟我說過，她父母很早以前就死了，她是由保姆帶大的，真的嗎？」徐文軒問。

「半真半假吧。」笑婆婆說，「真的是，她的確是由保姆帶大，那個保姆就是我。」

徐文軒驚訝，婆婆的聽力似乎回來了。

「假的是，她父母當時還沒有死。」

兩人沉默片刻，然後文軒開口問。

「那麼，為什麼她說父母早已過身？她不知道嗎？」

「當然不知道，因為是我騙她的。」

笑婆婆長嘆一口氣，開始小聲地說。

「秀晶的母親，年紀很大時生下秀晶，有一天，他們兩夫婦抱著初生的嬰兒，前來找我，拜託我代為照顧。我問他們什麼事，他們不說，只表示，由我來照顧，比起他們更合適。」

「最初幾年，他們還有來探望秀晶，慢慢地，探望次數愈來愈少了，秀晶六歲那年，是他們兩夫婦最後一次探望。」

六歲？

「你應該知道吧，秀晶六歲前，是看不見東西的。」

文軒整個人僵住了，全身毛管豎起，這是他有生以來聽過最震撼的消息。

「雖然不知道什麼原因，但秀晶視力回復正常了，父母兩人放下心頭大石，自那時候起，再也沒有來過。」

「他們為什麼不親自撫養秀晶？難道經濟出現困難？」

「不是，他們雖然沒有說，但我知道原因。」笑婆婆把頭湊近文軒，「他們不想詛咒禍及下一代。」

文軒幾乎叫出聲來，但他忍住了。

「什……什麼詛咒？」文軒問。

「我跟秀晶媽媽，很久很久以前就認識，當時大家都只有十來歲吧。」笑婆婆說，「我們是好朋友，她有什麼事都告訴我，包括一件令她很困擾的事。」

「秀晶媽媽，跟秀晶一樣，六歲前也是看不見東西……我想這也是命吧，兩母女遭遇竟然一模一樣。」笑婆婆說時一臉憂傷，文軒今日還是頭一次看到。

「但問題反而是雙眼康復之後，秀晶媽媽對我說，她經常看見一些古靈精怪的東西。」笑婆婆續說，「人家不是說有陰陽眼之類的能力嗎？我想她也是這樣，於是安慰她，小事而已，陰陽眼也不是什麼大問題。」

「我最初是這樣想的，不過，事情似乎愈來愈嚴重，秀晶媽媽她，能看見的東西愈來愈多，滿腦子是那些奇怪的影像，有時很真實，有時很模糊，總之，她開始分不清現實及幻象，她開始崩潰了。」

文軒心裡明白，這能力跟秀妍一樣，她們三母女都擁有相同的能力，差別只是強弱程度而已。

「大家都以為她瘋了，但我不這麼認為，她是我最好的朋友，我跟她一起想辦法。」笑婆婆望向窗戶，和暖的陽光照進室內。

「最後，我們發現一切禍端都來自她雙手，她那雙手，異常敏感，幾乎碰觸任何東西，都能夠看見一些……一些古怪影像。」

這就對了！秀妍果然遺傳了她母親的能力。

「這時候，秀晶媽媽也結婚了，這或許是她一生人最幸福的時光。」笑婆婆展露很久不見的笑容。「那個男人很愛她。」

「那麼到最後，你們用什麼方法，去解決這個難題。」文軒問。

「把雙手斬了，杜絕後患。」笑婆婆淡淡地說。

文軒嚇呆了。

「秀晶媽媽沒有親口說過，但我知道，她最後一定會這樣做。」笑婆婆說，「或者在她死後，把雙手斬下來，放在某座寺廟祈求祝福吧。」

「萬幸的是，秀晶她似乎沒有遺傳這種能力，或者說，她的能力相當有限，她小時候好像曾見到一些東西，但長大後就沒有聽見她提起過。」

「這是因為，她妹妹繼承了母親的能力。」文軒對笑婆婆說，「婆婆，妳見過秀妍……」

笑婆婆突然停住了笑容，她揚起手打斷文軒。

「你不要騙我老人家記性不好，」她說，「我跟秀晶媽媽是好朋友好姐妹，她只有一個女兒，她的名字叫李秀晶！」

十六

「妳是誰？妳找我做什麼？」

秀妍望著眼前這個男人，比起姐姐回憶中的他，明顯要老得多，兩鬢已白，眼角滿佈魚尾紋，姐姐見她時應該還很年輕。

「請問你，認識我姐姐嗎？」秀妍客氣地問。

男人先是一臉狐疑，其後好像明白什麼似的，他後退兩步。

「妳是……那個女人的……」

「我是她妹妹，我叫李秀妍。」

男人想轉身離開，秀妍叫住他。

「等等，我姐姐已經死了。」

這招果然有效，男人停下腳步，秀妍馬上走到他面前，堵住他的退路。

「你叫阿彪，對嗎？」秀妍說，「我姐姐拜託我向你說聲多謝，她說，非常感激你以前對她的幫助。」
秀妍這步棋可謂兵行險著，她完全不知道這個男人跟姐姐是什麼關係，但從她看見的片段所知，姐姐似乎三番四次找這個男人送禮兼道謝，她決定試探一下。
「我跟她說過很多次了！」阿彪回答，「上次大家已經講好，是最後一次見面，什麼今次輪到妳來了！」
「對不起，因為我姐姐剛過身，我想，我有責任代表姐姐前來一次。」
秀妍利用她那把溫柔的聲線，希望能夠減輕對方的敵意。
「我說過了，過去的事我不會計較。」阿彪態度也稍微緩和，「已經那麼多年了，這些陳年舊事，你們還記住做什麼？」
就在這一瞬間，秀妍看見了。
阿彪背後一閃一閃的紅光，是什麼東西？
秀妍回過神來，她望望自己雙手，手套還在，即是說，阿彪對這段回憶執念很強。
「上次已經說過了，我不需要你們的報答。」阿彪說，「妳走吧！」
秀妍雖然不明白他說什麼，但她發覺，即使對方不肯透露半點內情，她一樣有能力知道。

關鍵是，要令他回想起那件事。

「其實我姐姐對當年的事，一直感到很抱歉。」秀妍開始胡說一通，希望對方不會察覺。「她有一個心願，希望你能夠幫她達成。」

秀妍再次看見了，這次看得更清楚：在阿彪背後，有東西在燃燒，那些紅光是火，四周都是火，四處都在燃燒，是火災！是火災現場！

阿彪的半邊臉……秀晶的送禮……報答……

「我說過了，過去的事我不會計較。」

難道他那張半毀的臉，是姐姐害成的？

「妳想我幫她做什麼？」阿彪問。

秀妍定睛望向對方，一雙水汪汪大眼睛看得阿彪有點不好意思。

「我姐姐希望將骨灰安放在這裡，可以嗎？」

秀妍其實只是隨便編個藉口，但想不到阿彪反應卻如此之大。

「又是骨灰，難道她還未汲取教訓嗎？」

阿彪背後的影像愈來愈清晰，秀妍看見火災現場，是一間屋，那間屋正在燃燒，火很猛，但裡面站著一個人，這個人四處張望，好像在找什麼似的，他是誰？為什麼會出現在火場中？

「請問，」秀妍大約猜到是什麼狀況，「那場大火，是你救了姐姐嗎？」

阿彪愕然，他萬萬料不到秀妍會有此一問，一時間不知道如何反應過來。

但他更料想不到的，是秀妍接下來的動作。

「已經很接近答案了！絕對不能放棄！」她心想。

秀妍一邊想著，一邊以最快速度脫下左手手套，伸過去一把拉著阿彪右手，阿彪完全來不及做反應，呆若木雞任由秀妍拖著他的手。

剎那間，往事歷歷如在目前。

秀妍看得很清楚，那個東張西望的人，不是別人，正是她姐姐秀晶，但容貌比起她所認識的姐姐年輕得多，看上去最多二十歲左右。她不顧危險衝入火場，四處張望，最後在一間房裡，抱著一件東西逃出去了。

但事情並沒有完結，影像繼續在火災現場搜尋，這是阿彪的回憶，所以視角也是阿彪本人吧！他好像發現一些東西，一個細小的黑影，躲進一個角落的桌子底下，是什麼來著？阿彪走過去，把黑影拉出來。

一位秀妍從未見過的小妹妹，頂多只有三四歲，不知是因為過度驚恐，抑或天生如此，這位小妹妹面容扭曲得不似人形，額骨凸起，左眼凹陷，鼻樑崩塌，下巴歪斜，如果說這是天生的，很明顯，她是典型畸型兒童。

阿彪嘗試把她帶走，但小妹妹反抗，混亂中咬了阿彪一口，就在此時，火舌吐向阿彪面前，一陣火紅強光閃過，阿彪看似是用雙手向前遮擋，但並不成功，之後見到的，是阿彪發了瘋逃離火災現場，一隻手掩著半邊臉。

時光倒流，她看見了，她哭了，秀妍完全投入在當時的環境中，連阿彪把她的手甩開她也不知道，她只是呆呆地站著，直至阿彪開口。

「我沒有救她。」阿彪垂頭喪氣地說，「我根本救不到任何人！」

淚水模糊了雙眼，秀妍轉過頭來。

「告訴我，那個小妹妹是誰？」

十七

「這……這什麼可能？」徐文軒幾乎叫了出來。

「我絕對沒有記錯，秀晶媽媽四十多歲才生下一個女兒，差點要了她的命，你以為女人到了那巴年紀，那麼容易可以再生第二個？」笑婆婆說。

「那妳從來沒有聽過李秀妍這個名字？」文軒急著問，「秀晶從來沒有帶過妹妹來見妳嗎？」

「從沒聽過這個名字！」笑婆婆說得斬釘截鐵，「秀晶來探我時，永遠只有她一個人。」

那麼，秀妍……她是誰？

「秀晶的名字，是我幫她改的，跟她媽媽名字一樣。」笑婆婆唏噓地說，「算是我對老朋友一種懷念吧，只可惜，我沒有管教好秀晶。」

「秀晶她出什麼事了？」

「她沒有告訴你嗎？這也難怪，人長大了，總不想被人知道年輕時的瘋狂。」

「秀晶年少時，曾經離家出走，搬去跟一個男人同居。」笑婆婆搖搖頭，眼神無奈，「她被搞大肚子了，當時她只有十六歲。」

此刻文軒終於明白什麼叫晴天霹靂的感覺，他不是因為秀晶過去的私生活而感到震驚，而是，他終於想通了秀晶跟秀妍的關係。

他認識秀晶時，秀晶已經三十多歲，但有一個比自己少十多歲的妹妹，本來這也不算什麼稀奇的事，可能母親早婚或父親另娶，但文軒總覺得，秀晶對秀妍的溺愛程度，已經超出了單純姐妹關係，但他一直想不通，直至現在……

「那現在，秀晶的孩子呢？」

但答案總是教人意外。

「死了！」笑婆婆說時不帶一點感情，「被大火燒死了！」

十八

秀妍用最快速度奔回舊居，打開門後馬上衝入房內，在床底下拉出一個紙皮箱，就是那個上面寫著「小秀妍的祕密」的紙皮箱。

她在箱子裡找尋，不是她與姐姐的合照，不是她學業成績表，亦不是她以前寫的日記，她要找的，是幼兒院時的畫作。

一共十張畫作，秀妍逐張逐張去檢查，腦海裡一遍一遍地回憶起兒時的情境，她小時候，跟姐姐在這裡玩，有時姐姐不在，她就⋯⋯

找到了，秀妍眼眶開始泛淚。

畫中小秀妍坐在地上，旁邊放著她最喜愛的熊人毛公仔，姐姐背向她，站在一旁煮飯，在她們兩個人中間，畫了一個頭髮長長的女孩子。

小秀妍沒有替女孩子畫上臉，事實上她根本沒有看清楚她的樣子，只有當姐姐不在家裡，或忙於做其他事情時，她就會出現，陪伴小秀妍。

隨著秀妍漸漸長大，女孩子不再出現，秀妍的心思也不在家裡了，她開始在外面結交新朋友，喜歡在外面跟新朋友玩，以前愛玩的熊人毛公仔也不再玩了，童年漸漸離她遠去，記憶也埋藏在腦海深處。

遺忘的記憶此刻開始喚醒，秀妍一直以為，她是隔壁鄰居，或者是姐姐朋友的女兒，但為什麼記憶會是這樣模糊？對這個女孩的印象，為什麼幾近於無？

「秀晶她，一直把骨灰留在家裡，說是為了贖罪。」

阿彪剛才是這樣說的。

「那場大火，幾乎毀了她的一生。」阿彪說，「全靠妳，她才重拾生存意義。」

突然門外傳來開門聲，跟文軒大叔約定時間還早一小時，他早到了嗎？

秀妍走出房外，迎面而來是三名黑衣男子，中間那位她是認識的。

「快捉住她！」楊廣指著秀妍，「她就是那位精神病患，非常有攻擊性，要馬上把她帶回去，好好……檢查一番。」

十九

此刻徐文軒心情焦急如焚，他恨不得馬上飛到秀妍身邊，看看手錶，大約還有一個小時才能回到秀妍家。

從車廂望出窗外，晚上的天空沒有半點星光，他打了很多次電話給秀妍，但沒有人接聽，奇怪，這個時候她跑哪裡去了？

他馬上向秀妍發出短訊：

秀妍，已知道關於妳身世的事，待在家中等我，不要跟任何人接觸。

切記，不要脫下手套！

文軒也料不到自己會向秀妍發出這樣的警告，但聽完笑婆婆最後一番話後，他終於明白所有事情的因果關係。

「秀晶媽媽最恐怖之處，她那雙手……不是活人的手！」

過去，文軒及秀妍都覺得秀晶的行為有點不尋常。按理說，鬼眼也好，看見別人回憶也好，都不是什麼害人或自害的事，有需要那麼認真地去神社驅除嗎？有什麼理由一定要把這能力除掉？甚至乎，不惜性命代價也要一試？

現在，文軒終於知道答案了，秀晶跟秀妍根本不是姐妹關係！她們是母女！秀晶媽媽就是秀妍的外祖母。

秀晶一直以來擔心的，就是她媽媽那恐怖能力，會由秀妍繼承。

遺傳學上有所謂隔代遺傳，爺爺跟孫子基因相像，外婆跟外孫女也比較親近，如果套用在秀晶家族上，她母親那個能力，就會遺傳給外孫女秀妍，這亦正好解釋了為什麼秀晶能力不及秀妍。

秀晶一定是曾經看見秀妍觸發了那個能力，所以才堅持要她戴手套，她不惜一切代價要去驅除秀妍這項能力，是因為，跟秀晶媽媽一樣……

秀妍不單能看見活人的回憶，還能看見死人的回憶！

自從跟那個叫徐文軒的男人分手後，秀妍發覺，姐姐變了很多。

她不再刻意打扮，下班後直接回家，週六週日也不約朋友出外，每天除了吃睡上班外，就是在電腦前上網瀏覽，姐姐好像在搜尋一些資料，每次發現有用的就會列印出來，秀妍問她在找什麼，她總是支支吾吾地顧左右而言他，然後就轉移話題，反問秀妍溫習進度如何。

明年就要考大學了，秀晶一直很緊張妹妹能否順利升學，雖然秀妍在校成績一向很好，但仍然不敢怠慢，這一年來留在家中，基本上就是督促妹妹加緊溫習，對秀妍來說，姐姐陪她雖然很開心，但有時也會感覺到有股壓逼感。

不過今晚，情況有點特別，姐姐聽了一個男人電話後，二話不說便出門去。

這已經是今個月第四次了，平時很少人來找姐姐，有的也是女性，自從姐姐分手後，已經有很長一段時間沒有男人打電話給她，秀妍心裡好奇，這男人會是誰？

每次問姐姐是否認識新男友時，她總是很認真地說沒有，但當問她經常來電的男人是誰時，她卻吞吞吐吐地說是同事，秀妍看得出姐姐沒有說老實話，那個男人一定有問題！

愈是不讓我知道，我愈是想知道，秀妍的好奇心升至爆炸點，她知道今晚必須弄個明白，所以當姐姐出門後大約半分鐘，她便以最快速度換上涼鞋，披上外套跟著跑出去。

十月天氣開始轉冷，夜間溫度比日間低很多，由於秀妍心怕跟不上姐姐步速，故只穿著短褲就跑了出來，一雙修長白皙的美腿，就像光管一樣，在漆黑的街道中格外引人注目。這時候秀妍感到雙腿有點涼，本想回家換褲，但姐姐就在前面不遠處等待過馬路，回家再出來一定趕不及了，她決定繼續。

秀晶穿過馬路後來到一棟百貨商場前面，但她沒有直接進入商場，相反，她沿著旁邊那條樓梯往地庫方向走，那條樓梯通往停車場。

姐姐不懂開車，為什麼她會去停車場？糟了！秀妍忽然想到，如果約她的人是駕車來的，那麼根本沒可能繼續跟踪下去。

秀妍焦急地跑去停車場，一心希望自己的估計是錯誤的，但當她到達地庫停車場時，她已失去姐姐的踪影。

停車場一共三層，由於在地庫關係，空氣比較潮濕，也比地面陰涼，秀妍本能地雙手放在嘴上呵一口暖氣，才發覺自己沒穿上手套。

四周很靜，沒有人，離秀妍左手邊大約十米距離天花頂的一盞燈壞了，令到那個方向光線不足，陰陰暗暗的，姐姐是否向那邊走過去？還是往下兩層停車場？秀妍沒有聽到開車聲，應該未被接走吧？現在我應該怎麼做？

停車場有點冷，冷得秀妍雙腳開始發抖，還是算了吧，秀妍心想，今次行動失敗，先回家等姐姐回來再說。

「救命……」

耳邊突然傳來一把聲音，嚇得秀妍差點叫了出來，從哪裡傳來的？仔細聽聽，好像在左手邊，就是那個陰陰暗暗的方向。

「救命……」

再一次，今次聽得清楚一點，是一把微弱的女聲，就在那個陰陰暗暗的角落。

難道是姐姐？姐姐有危險！沒時間分析是真是假了，秀妍向著聲音方向跑過去，在車輪與車輪之間的空隙左右穿插，沒幾秒就看見遠處倒臥著一個女人。

秀妍看見已經急得哭出來了，馬上跑過去……

「妹……妹……」

秀妍停下腳步，是誰？是姐姐？但姐姐平時直接叫我秀妍，不會叫我妹妹，這是誰的聲音？很細嫩很稚氣的小女孩聲音，以前從沒聽過。

被聲音叫停的秀妍，回過神來，終於有時間看清楚眼前倒在地上的女人。

她不是姐姐，姐姐今晚是穿淺藍色長裙出門的，但這女人穿的明顯是紅色短裙，長腿外露，但不見鞋子。

突然一股寒意由秀妍腳底傳上來，天花板的燈光也逐漸變得昏暗，四周的車子開始消失不見，只剩下自己跟眼前這個女人，然後……

女人慢慢爬起身，長髮遮掩了面容，身上的上衣被撕開得一個一個破洞，紅色短裙也被扯爛得快要掉下來，一雙白皙玉足，一拐一拐地走近秀妍。

「為什麼？為什麼會是我？」

聲音像是悲鳴，像是啜泣，充滿怨恨，充滿不甘，秀妍感受到她的痛苦，她的垂死掙扎，到最後一刻的絕望，她發誓，要向那個人報仇，要向整個社會報仇！

「為什麼？妳雙腿一樣白皙光滑，他為什麼不選擇妳？為什麼偏偏是我？我只是路過，我不應該走這條路，為什麼？為什麼？」

秀妍雖然很害怕，但她知道發生什麼事，她以前也有同類體驗，現在見到的只是一些幻象，這些幻象很多時跟某人的過去有關，而她現在見到的，就是眼前這個女人過去的不愉快經歷，過一會兒，幻象就會消失，一切就會回復正常。

只是，以往只能夠看見影像，為什麼今次卻能夠聽見聲音？

女人繼續一步步走近秀妍，仍然看不到她的臉，但她的聲音卻愈來愈清晰。

「來，跟我來，有了妳，他就不會留意我了，他就不會對付我了，我在這裡等了很久，很久很久，終於等到妳來了，由妳來代替我吧，來，跟我來！」

奇怪，為什麼幻象仍未消失？秀妍向後退，但雙腳像凍僵了一樣，完全不受控制，她想大叫，但卻叫不出聲來，那個女人慢慢走近，雙手已經伸到秀妍脖子前面，秀妍閉上眼。

那只是電光火石間發生的事，她只知道，有人從後把她往後拉，拉力之大幾乎把她拖了十幾米距離，她同時間張開雙眼，看見原本就站在眼前的那個女人，被一股力量反彈回原先躺臥的位置，女人不甘心，俯在地上四肢張開，以高速朝秀妍爬過去，但這次反彈力更猛，女人不單止再一次被彈開，秀妍留意到，她的四肢也被今次衝擊力活生生扯斷了。

四周慢慢變回熟悉的環境，一輪一輪的車子再次出現，光線也逐漸回復正常，那個恐怖女人消失不見了，秀妍站起身，感到一陣眩暈，她試圖回想剛才所發生的事，是做夢嗎？但一切又那麼真實，但如果是真的，最後救她出險境的是誰？

那股驚人的衝擊力，把她拉後的同時，將那個女人彈開，令雙方保持一段安全距離，而就在這段距離中間……秀妍依稀記得，正站著一個細小的黑影。

——秀妍的回憶碎片　十八歲那年

「已經不能再拖了，秀妍的情況妳很清楚，再拖下去，恐怕她會有性命危險。」

阿權用力握著我的手，一本正經地跟我說。

「上個月停車場那件事，證明秀妍的能力，遠超妳同我的想像，她不單能夠看見東西，還能把東西召喚出來，就跟妳母親一樣。」

「不要再說了。」

我甩開他的手，離開椅子走近那棵平安樹旁邊，用指尖輕撥其中一片樹葉，阿權沒有再說話，屋內一片寂靜。

秀妍今日約了同學出外溫習，很夜才會回家，所以我才放心把阿權叫上來，他說，有辦法幫助秀妍。

事件發生至今已有一個月，我仍然清楚記得，當秀妍告訴我當晚在停車場發生的事情後，我是有多麼的震驚，因為這是我第一次感受到，詛咒已經開始在她的身上應驗，就跟我祖輩一樣，跟我母親一樣，這種會招惹亡魂的能力，開始在她身上成長茁壯，終有一日，她會被自己所招的怨靈所殺害。

那個女人，早在秀妍到來前兩個星期，在停車場附近被一名流浪漢姦殺，當時新聞也有廣泛報導，但令我覺得害怕的是，她死時的怨恨，在這兩個星期內一直徘徊在停車場附近陰魂不散，她是要向路過的人報仇！但為什麼要傷及無辜？我不了解，或者死去的人心理是會被扭曲的，不是正常人思維所能理解。

這個妹子，一直以來都默默獨自承受，我相信她看見的東西不止這一次，但她從來沒有因此而抱怨，也沒有自暴自棄，從她告訴我當晚停車場所發生事情時的語氣，那份悠然自若，處之泰然的態度，甚至表示同情那個女人的遭遇，我自問沒有這份勇氣及慈悲。

都怪我不好，我不應該叫阿權將車停泊在那裡，不應該容許他每晚打電話給我，更不應該低估秀妍的好奇心。自從跟文軒分手後，她一直問我是否認識新男友，我知道她非常關心我，我很欣慰，十多年來，看著她一日一日長大，長得愈來愈漂亮，將來一定有很多男人追求，姐姐希望她能嫁得好好的，幸福快樂地生活，這是姐姐唯一的心願。

但那個詛咒，會毀了這孩子的一生！我不能容許這種事情發生，以往秀妍能看見的東西，都不曾傷害過她，所以我一直覺得無需要理會，而且，我以為隨著年紀漸長，秀妍會跟我一樣，能力會慢慢地消退，再過一段時間，她就不會看見任何古怪東西。

然而，秀妍跟我不一樣，她能力比我強得多，阿權說得沒錯，停車場事件是個警號，若再這樣下去，秀妍只會給自己的能力弄死。

「所以，我已經找到了方法，可以解除這個詛咒。」

阿權把手提電腦螢幕轉向我這邊，我見到「伊邪那神社」五個大字。

「這個神社位於日本高野山上，據說可以驅走所有邪靈作祟附身之物，我已經查過很多史書典故，傳聞應該可靠。」阿權說，「秀妍身上那種不祥的能力，相信也可以得到驅除。」

我真的拿阿權沒辦法，已經跟他說了很多遍「即使你繼續苦纏下去，我也不會愛上你」之類的話，但他仍然心甘情願地跟著我，結果有一日，我無法再忍受下去，向他說了關於家族詛咒一事，滿以為可以嚇跑他，但反而令他更盡心盡力幫我搜尋解咒之法，認真程度真的令我非常感動。

曾經有一刻，我以為我會愛上他，但當秀妍問我是否結識新男友時，我腦海中第一個浮現出來的模樣，竟然是徐文軒，我這才知道，我一生一世也難以忘記文軒。

「只要帶秀妍到神社，她身上的詛咒就可以解除。」

「不行，不可以帶秀妍去！」

太危險了，神社位置偏僻，我怕秀妍會捱不住，而且那個傳說是真是假，仍然需要時間去核實，在未確定前，我是不會讓秀妍去冒險。

更何況，即使傳說是真的，我也不會讓秀妍前去，所有污穢邪物都被帶到那座神社驅除，那個地方一定充滿著人世間最不乾淨的東西，萬一秀妍再次見到污物，豈不是反過來害了她？

「如果真的要去，就由我來代替她去吧。」

我這樣回答他，阿權望著我不作聲，我知道他很擔心我，但他不明白，秀妍比我自己生命更重要。

我告訴阿權關於家族詛咒的事，但沒有告訴他我跟秀妍的真正關係，所以他不會明白，秀妍在我心中是何等重要。

「我相信應該可以的。在我看過的典故中，記得有父母代替患病的兒子到神社祈求庇佑的例子，結果兒子也康復了，相信姐姐代替妹妹前去也是可能的，這個詛咒既然是家族遺傳，妳去也應該可以做到相同效果。」

阿權說時瞥了那棵平安樹一眼。

「秀晶，為了妳，我會繼續搜尋多一些關於這座神社的資料，查清楚那些傳說的真確性，放心，我不會讓妳妹妹出事的。」

「謝謝你。」

「不過有一件事，我一直覺得很奇怪，妳說秀妍告訴妳，她在停車場看見那個女人，然後那個女人好像想威脅她，一步一步走近，但之後又突然消失得無影無踪，然後秀妍就一個人走了。」阿權一臉不惑，「那為什麼妳回到家後，會發現她全身到處都是瘀傷，就好像剛跟人搏鬥一樣？」

「秀妍說當那個女人幻像消失後，她就轉身離開。」我回想秀妍的話，「關於身上的瘀傷，她只說是前一日在學校弄傷的。」

「但妳不覺得說不通嗎？若在前一日弄傷，妳怎可能不知道！而且，如果秀妍的能力真的跟妳母親一樣，」阿權繼續說，「後果應該比現在更嚴重！」

「那麼你認為當時出了什麼狀況？」

「我不知道，但總覺得秀妍隱瞞了一些事情。」阿權搖搖頭，「如果那個女人是來討命的，秀妍能夠那麼輕易就逃離現場？那可是冤魂前來索命啊！」

秀妍這個妹子，到底有什麼事情瞞住姐姐？

「秀晶啊，這個小女孩，比我們想像中勇敢及聰明。」

阿權說時，再瞥了那棵平安樹一眼。

——李秀晶的回憶　妹妹出事後一個月

二十

秀妍避開前來捉她的兩名黑衣男子，側身試圖溜進客廳之際，楊廣一手抓住她的肩膀，秀妍乖巧地斜身閃避，順勢把他撞向兩個黑衣男子處，趁他們三人倒在地上時，快速奔往客廳大門。

然而大門反鎖了，一定是他們為了慎防自己意外逃脫，進屋後把門反鎖，秀妍心想，這樣自己就被困在這裡了。

突然傳來一陣貓咪聲，是自己電話響起來了，一定是文軒大叔打來的，她連忙跑過去想接電話，但被剛爬起身的楊廣早一步搶到，只見他一手拿起電話，順勢拋過去給身後其中一名黑衣男子，三個男人隔著梳妝台及茶几，在客廳跟秀妍對持。

「那個姓徐的男人救不了妳。」楊廣對秀妍說，「妳乖乖跟我走吧。」

「你想怎樣？」秀妍瞪大雙眼，「我跟你只見過一兩次，你為什麼擅自闖入我家裡？」

「怪只怪妳有個發瘋的姐姐。」楊廣笑說，「沒有她我也省事得多了！」

「我姐姐沒有瘋，瘋的是你們。」秀妍生氣地指著他們。

「呵呵，小美人不要生氣，其實只需要委屈妳一陣子，待事件過去，一切都可以回復正常。」

「什麼事件？跟我姐姐有關係嗎？」

「嚴格來說，沒有任何關係。」楊廣繼續說，「只是，你們剛好是我計畫中一塊絆腳石。」

「我明白了，你是故意接近我，伺機打聽一些……關於姐姐的事情？」

「不全是因為這樣啊！」楊廣聲線突然變得溫柔，「妳知道妳有多麼吸引我嗎？妳比起很多明星模特兒漂亮多了，氣質更加出眾，來吧，跟著我不會吃虧的，我會好好待妳。」

楊廣說完張開雙手，慢慢向秀妍走過去。

「站住！不要過來！」秀妍心想，一定要想個辦法。

厠所窗口沒有窗花，外面佈滿水渠管道，厠所門亦可以上鎖，秀妍在想，她可以嘗試衝入厠所，鎖門後從窗戶鑽出去，沿水渠向下爬，這裡是六樓，雖然亦有致命危險，但總好過被他們帶走，一想到可能會被這個楊廣……她寧願死。

但是，厠所門口正站住那兩名黑衣男子。

「時間無多，」楊廣似乎失去耐性，「數三聲妳自己不走過來，我身後那兩位哥哥就要招呼妳囉。」

怎麼辦，就這樣衝過去嗎？

「一……」

不行，一定會被他們抓住的。

「二……」

要先引開他們注意力。

「三！」

突然電話貓咪聲又響起來了，三個男人好似嚇了一跳，秀妍見機會來了，她先朝大門方向跑了兩步，三個男人馬上跑去門口企圖守住，但秀妍突然改變方向，她跳上梳妝台，利用梳妝台及茶几中間這條「捷徑」，靈敏地踩著傢具跑去厠所。

但厠所的距離比她想像中要遠，她亦低估了楊廣的反應，當還差一步就到達廁所門口時，楊廣已經從後一把扯住她的頭髮，疼痛激起她本能反應，她用一隻手捉住楊廣扯她頭髮的手，另一隻手往楊廣的臉上去抓。

兩人同時發出痛楚的叫聲，楊廣企圖甩開攻擊他臉上那隻手，但秀妍仍死抓不放，楊廣用盡全力才將那隻手撥開，糾纏間把秀妍其中一隻手套脫了下來。

兩個黑衣男子想從後把秀妍抱住，秀妍機警地避開一個，卻被另一個捉住，這時候秀妍為了脫身，什麼招數也用了，她一口咬住黑衣男子的手，黑衣男子痛得一把將她推向牆壁，撞翻了附近茶几上的東西，由於衝力過大，她失去重心倒地時，把那株平安樹也推倒在地，整棵樹的樹根及泥土，全部倒瀉在地上。

楊廣擦擦臉上的血跡，雖然秀妍穿了手套，但臉上三條血痕仍然清晰可見。

「臭婆娘！」楊廣憤怒到了極點，他示意身後兩名黑衣男子上前捉住秀妍。

倒在地上的秀妍開始感到絕望，她隨手拾起地上的東西亂扔，杯子、碟子、筷子、紙巾盒、梳妝台坐墊，總之任何可以扔的東西，她都扔出去，兩名黑衣男子一邊走，一邊撥開扔過去的東西，到最後，秀妍再沒有東西可以扔，她把剛才倒瀉出來的泥土，一把一把的擲過去。

就在這時，秀妍發覺有些不妥。

泥土應該是啡黑色的，但她發現，扔過去的，全部都是灰白色的泥！

她望望雙手，不論是仍穿上手套的左手，還是被脫下手套的右手，都沾滿灰白色的泥，而地上則遍佈灰白色及咖啡色的泥，這兩種顏色的泥，在已經破裂的花盆裡流出來。

那株平安樹，花盆上面是正常的啡黑色泥土，下面則藏有灰白色的泥土！不對！不是泥，泥的質感不是這樣的，那是……想起來了，跟鼻煙壺裡是同一樣東西，是灰燼，不！是骨灰！

客廳的溫度突然提升了許多，室內的傢俬開始燃燒起來，到處都是火光熊熊，是火災！但為什麼無緣無故，全屋忽然著火了？

秀妍抬起頭，看見之前凶神惡煞的兩個黑衣男子，沒有再前進，相反，不斷後退，表情異常驚恐，視線望向秀妍後面。

秀妍轉頭。

一個頭髮長長的小女孩，站在她身後，小女孩大約只有三四歲大，長相恐怖，面容扭曲得不似人形，額骨凸起，左眼凹陷，鼻樑崩塌，下巴歪斜，而更可怕的，是她皮膚燒得通紅，像烤豬一樣，一塊一塊的，右眼幾乎掉下來了，左邊臉燒得只見骨頭。

秀妍認得她，她就是在阿彪回憶中見過，那個火場中的小女孩！

小女孩向前走，停在秀妍前面，望著兩個黑衣男子，他們嚇得要死，其中一個大叫一聲，馬上用鑰匙打開大門，奪門而逃。

站在他們身後的楊廣臉色鐵青，但仍強作鎮靜，向仍沒逃跑的黑衣男子說：「假的！你這個笨蛋！這種把戲也看不出！」楊廣說話時聲音顫抖。

但小女孩很快就證明楊廣是錯的。

小女孩用手向前一指，那個黑衣男子就像被一股無形的力量撞擊一樣，凌空向後飛出一段距離，他倒地後馬上爬起身，頭也不回往窗口衝過去，秀妍尖叫了一聲，男人打開窗直接跳出去。

小女孩再向前走，走到楊廣面前，楊廣已經被嚇到軟攤在地上，但他並未放棄，他從口袋裡拿出一把手槍。

這怎麼可能！他如何弄出一把槍來？秀妍望見楊廣將槍口指向小女孩，槍能夠傷害她嗎？萬一能夠的話……

「我總不信妳真的是鬼！」楊廣笑得有點瘋狂，「來吧，我不怕妳的！」

萬一小女孩真的是人，這距離她必死無疑……不……她不可能是人……但是……鬼真的不怕子彈嗎？有人見過嗎？

等等，我雙手……剛才我一隻手沾滿那些骨灰，她出來了，如果我脫下另一隻手的手套，兩隻手都沾滿，她的力量會否強一些？抑或，會有反效果？

腳步聲忽然從梯間傳上來，秀妍只見氣喘喘的徐文軒，站在已打開的大門前，他先是看見躺在地上的楊廣及秀妍，然後目光停在那個小女孩上，張大了口，吃驚得不知所措。

就在這一刻，秀妍看見楊廣突然將槍口指向徐文軒，嘴角露出一絲冷笑。

「不行！」

秀妍脫下左手手套，雙手插入前面一堆白色骨灰中。

小女孩發出一陣刺骨的尖叫聲！

秀妍可以發誓，這是她聽過最恐怖及最心寒的叫聲，那份空洞，那份悲痛，夾雜著寂寞及孤獨，樣貌的醜陋，母親的遺棄，大火的不幸，小女孩過去經歷過的種種痛苦回憶，都化成淒厲的悲鳴，傳進所有聽見的人的腦海裡。

當秀妍回復神智時，她看見徐文軒蹲在門口，雙手按住耳朵，看來他沒有中槍；楊廣神智不清地傻笑，手槍掉在一旁；至於那個小女孩，她正站在秀妍面前。

秀妍不害怕，難怪她一直對這舊居有份莫名的親切感，原來是這小女孩。她雙眼望著小女孩，這一刻，她不再認為女孩面容恐怖，相反，她是全世界最美麗的小女孩。

「妳就是我小時候，經常出來陪我玩的小女孩？」秀妍問。

小女孩沒有回答。

「只要我不開心，妳都會陪在我身邊，雖然妳不能開口說話，但我看見妳了，在這裡，就在我們的家裡。」

小女孩嘴唇動了一下。

「我對不起妳，我應該早點知道真相。」秀妍眼眶紅起來，「我幾乎把妳忘記了。」

小女孩搖搖頭。

「妳是我見過最美麗的小女孩。」秀妍哭著說，「無論妳變成怎樣，我們永遠是一家人。」

小女孩嘴唇再動起來，斷斷續續吐出幾隻字。

「妹……妹……」

「我永遠愛妳，」秀妍強忍眼淚，「姐姐！」

說完秀妍雙手捧著小女孩的臉蛋，把她抱入懷中，秀妍好像看見小女孩笑了，她的身軀也慢慢消失，直至再也感覺不到她在懷中時，秀妍終於忍不住放聲大哭。

二十一

總算真相大白，李秀妍和徐文軒最後要做的事，就是讓死者入土為安。

今日一早，他們兩人在阿彪的幫助下，準備將秀晶母女的骨灰放入骨灰龕。

秀妍雙手捧著兩個骨灰盅，表示有話想單獨跟她們母女說，文軒明白她想做什麼，遂和阿彪暫時離開。

那一晚，如果沒有秀妍，文軒可能已成為槍下亡魂，他記得見到楊廣及秀妍，亦見到那個小妹妹，隨後被一聲淒涼刺骨的尖叫聲嚇倒，直到他回復清醒時，秀妍已站在他身邊，那個小妹妹也消失了。

楊廣瘋了，神智不清地送入醫院，第一個黑衣男子逃走時踏錯腳滾下樓梯，至今仍然昏迷不醒，第二個自己跳窗逃生時不幸跌死了，秀妍及文軒一度被警方懷疑，但幸好楊廣以前惡跡昭著，警方一早對他暗中調查，加上陳律師虧空公款事敗後和盤托出整件事，楊廣惡行總算公諸於世。

當然，秀妍及文軒沒有透露多餘的事，那些不太令人信服的事，還是留在心底裡較好。

文軒這時回想起整件事情的始末，所有事件的起因，要由秀晶母親開始說起。

秀晶母親擁有能夠看見別人回憶的能力，擁有這種能力的人有兩個共同點，第一，六歲前雙目暫時失明；第二，能力是會母系遺傳，一代傳一代。至於擁有這種能力的緣由，文軒不知道，但他已向秀妍承諾，未來一起追查。

不過，秀晶母親除了能夠看見別人的回憶外，還能看見死人的回憶。據笑婆婆憶述，秀晶母親只要碰觸死人，她會看見死人臨死前一刻的影像，又或者，死人臨死前最執著的回憶，這個回憶可能是他的愛人、父母、兒女、朋友或仇人，也可能是他生前的一件樂事或一件憾事，總之，就是作為活人最後一刻，對這個世界的眷戀。

本來，這也是很個人的事，不論是活人還是死人的回憶，也只有你一個人看到，你不說根本無人知道。但可怕的是，秀晶母親不單止能看到，還能把屍體臨死前那份執念具現化，展示在所有正常人面前，如果那個死者執念大，怨氣重，那麼恐怖的事就發生了。

那個死者將會復活，按照它臨死前的回憶，執行它最後的心願。

說復活不是簡單的屍體復活，而是那個人的怨念，會化為實體，並且令所有正常人都見到。笑婆婆對文軒解釋，不是所有死人都是壽終正寢，也不是所有死人都是含笑而終，很多因急病或意外而死的人，他們都是不甘心的，他們會覺得上天不公平，世界那麼多人，為什麼偏偏選中他們離開世界。於是，假如能夠重回陽間，他們的怨恨會將他們化為厲鬼，對陽間的活人展開報復的行動。

秀晶的母親，最初不知道她雙手的能力，以為只是擁有鬼眼而已，結果親眼看見一些她觸碰過的死人，「復活」後對活人展開殺戮。有些回憶比較健全的怨靈，只會對他生前痛恨的對象下手，但有些回憶已經模糊的惡靈，它們沒有特定的報復對象，於是隨機殺人。

而就在這個時候，她生下獨女秀晶，而秀晶跟媽媽一樣，一出世就看不見東西。

這時候，如果妳是秀晶母親，一定馬上聯想到自己那恐怖能力，會遺傳到自己女兒身上，於是，她做了一個決定：把秀晶交給最信任的人撫養，自己跟已知道一切的丈夫，去尋求解除詛咒方法。

作為母親，愛女情深是很自然的事，最初還是有點擔心的秀晶母親，隔一段時間就會回去探探女兒，待六歲那年，秀晶雙眼康復，秀晶母親放心了，她就正式踏上解除詛咒之旅。

至於秀晶母親是否還在世，笑婆婆不知道，但有朋友說見過秀晶父親，他一個人在日本，這也是最後一次聽見他們兩夫婦行踪的消息。

笑婆婆親眼見過秀晶媽媽的能力，撫養秀晶長大時，一直有觀察她的行為舉動，後來發現她能力跟媽媽相差太遠了，只是間中看見一些古怪東西而已，笑婆婆放心了，她以為沒事了。但可惜，笑婆婆將注意力過份集中在這方面，忽略了秀晶成長過程中，無父無母無兄弟姐妹的寂寞。

秀晶十六歲跟一個男人私奔，並生下一名女兒，名字叫秀珠，笑婆婆說，她未見過那個男人，但估計跟秀晶年紀差不多，試想兩小口子有何能力撫養嬰孩？所以雖然跟秀晶因為離家出走的事鬧翻了，但笑婆婆仍然接濟秀晶，慢慢地，秀晶也開始對這位一直看不順眼的長氣婆婆改觀。

兩年後，秀晶誕下第二胎，名字叫秀妍。

二十二

文軒想到這裡，嘆了一口氣，命運有時真的很會開玩笑。

姐姐秀珠，是一個畸胎，身體雖然健康，但長相醜陋無比，秀晶第一眼看見她時，也對這個她懷胎十月辛苦產下的小生命，投以嫌惡目光，更何況她的父親！笑婆婆說，秀晶之後有幾次打電話給她訴苦，言談中聽得出他們兩夫婦都很討厭這個女兒，尤其是父親。

但有一件事值得高興的，就是秀珠出世時雙目健康，笑婆婆心想，詛咒應該到此為止。

兩年後，妹妹秀妍出世，跟姐姐完全兩個人，臉蛋可愛，皮膚嫩白，雙眼迷人，嬰兒時期的秀妍，已經被婦產科的醫生及護士多次稱讚漂亮，將來一定有很多男人追求，秀晶第一次感受到做母親的光榮。

可惜，之後醫生診斷，秀妍是盲的。

這個消息對秀晶兩夫婦打擊很大，特別是對父親而言，小小年紀生了兩個女兒，一個畸型，一個盲的，你說以後的生活怎麼過？這兩個小孩絕對是負擔！

於是，有一天，父親不辭而別，秀晶如何找也找不到，她打電話向笑婆婆求救，她不知道該怎麼辦，笑婆婆為了安慰她，便說出她媽媽擁有能力這件事。

「秀晶，我知妳對我仍然心存芥蒂，妳不告訴我孩子的名字也沒有問題，但請妳不要放棄，等到孩子六歲那年，她就會完全康復。」

秀晶半信半疑，但仍決心獨力養大這兩個女兒，她不好意思搬回笑婆婆那裡住，於是自己租住了一個大廈單位。

秀妍以前一直以為，現時那棟舊居，是她和秀晶一起長大的地方，但其實在這之前，秀晶是住在另一個單位，撫養秀珠秀妍兩個女兒。

單位隔壁住了一對年老父婦，他們有個兒子，非常樂於助人，不時幫助這位單親媽媽修理家中電器水喉，平時遇見秀晶在超市買太多東西，也會幫手把東西送回家，這個人就是阿彪。

秀晶在這裡一住就兩年，悲劇也就在這個時候發生。

那一晚，樓下單位突然起火，火勢迅速蔓延至樓上秀晶家，阿彪拍門叫秀晶馬上離開，當時整個單位已經濃煙密布，紅紅的火光，灼熱的溫度，秀晶呼吸已經開始困難，再多逗留一會隨時會被燒死或焗死，但秀晶仍然未找到她兩個女兒，火勢愈燒愈猛，秀晶再沒有足夠時間找兩個女兒了，但如果只找一個……

秀晶這時做了一個後悔一世的決定，她四處張望，然後衝入睡房把兩歲的小秀姸抱走救出，她不知道為什麼會有這個決定，但在那電光火石的一刻，兩個女兒只能救一個的情況下，她選擇了秀姸。

但阿彪不是這樣想，她看見秀晶抱著妹妹跑出來了，但還未看見姐姐，他衝入隨時會崩塌的火場，嘗試尋找秀珠，最後發現她了，阿彪想把她抱走，但已經被火光嚇得不知所措的秀珠沒有領情，她咬了阿彪一口，亦就在這個時候，熾熱的火舌燒向秀珠及阿彪，阿彪半邊臉燒傷了，飽受皮肉痛楚的他逃出火場。

火災救熄後，秀珠屍體找到了，秀晶很悲傷，這時候她才發覺自己有多愛秀珠，是她錯，是她不好，秀晶把所有責任歸咎自己，包括連累阿彪半邊臉毀了，她向他鄭重道歉，即使阿彪原諒她，十多年來，秀晶還是感到抱歉。

罪惡感也令她決定改以姐姐身分撫養秀姸，她認為，秀姸的母親已經死了，在那場大火中死了，被救出來的是秀珠秀姸兩姐妹，秀晶希望以姐姐的身分，繼續扮演秀珠角色，算是對秀珠的一種補償，也可以令自己好過一點。

秀晶最先是把秀珠骨灰放在墳場骨灰龕，秀珠死時才四歲，骨灰量不是太多，一個小小的骨灰盅剛好填滿。秀晶擇了個好日子，送女兒最後一程，祈求她早日安息，投胎轉世。

之後秀晶母女搬到新的住所，就是秀妍所認識的舊居。四年後秀妍雙眼果然不藥而癒，秀晶開心之餘，開始記起笑婆婆說的，關於她媽媽那種能力的事，雖然秀晶自己是感受不到，但她開始為此擔心。與此同時，另一件更令她不安的事情發生，她發現小秀妍所繪那張畫。

中間那個長髮女孩，分明就是秀珠，為什麼小秀妍會把她畫出來了？她記得姐姐嗎？沒可能，秀珠死時她只有兩歲，怎可能記得？那麼難道是她看見了……

在以後的日子，秀晶不斷觀察秀妍的能力，發現秀妍真的能夠看見很多東西，包括死去的秀珠，是秀珠一直纏住秀妍嗎？難道秀珠想回來報仇？秀晶害怕了，她做過很多法事，但都沒有作用，最後有一位大師告訴她，這可能是秀珠懷念家人的執念所致，於是秀晶決定把秀珠骨灰迎回家中。

二十三

之後的事，大家都開始有點印象，阿彪說，大約十年前，秀晶來到這裡，要把骨灰拿回家中安放，阿彪反對，因為骨灰不應該放在陽宅，這會對家裡人不好，但秀晶堅持這樣做，阿彪也只好如她所願。

或者秀晶也考慮到骨灰盅放在陽宅不妥，又或者她單純不想秀妍發現，秀晶決定將骨灰收藏於花盃裡，上面是泥土，下面是骨灰，這樣秀珠便可以回家了，一家團聚，毋須再纏著秀妍不放。

說也奇怪，自從將骨灰收藏於花盆裡，秀妍真的漸漸少見秀珠了，當然這可能是巧合，因為秀妍這個年紀也多了出外活動，注意力不再像孩童時候了。

可能受到骨灰影響，花盃上的栽種物很容易枯萎，所以秀晶隔幾年就要換一次，文軒是在七年前認識秀晶，那時她剛好要換一棵平安樹，看來當時她已經有意隱瞞整件事，不過這棵被文軒視作他與秀晶的愛情之樹，一種就七年，而且在七年之後救了自己及秀妍，一切冥冥中都自有安排。

現在回想起來，所有之前覺得很謎的疑問，都有合理解釋：秀晶要求秀妍戴手套，是因為要避免她的能力爆發；秀晶不允許其他人接觸秀妍，是生怕別人發現秀妍的能力；秀晶不告訴秀妍詳情，是因為怕她知道自己能力後，可以看透秀晶的回憶，到時候，自己當年所做的錯事就會曝光，她不想秀妍看不起她這個媽媽。

然而，是什麼原因驅使秀晶前去伊邪那神社，文軒沒有答案。可能跟譚偉權有關，事實上也是他瞞住秀晶，偷偷地把秀珠骨灰帶去神社，但也有可能是秀晶突然改變主意，她覺得長遠而言，有必要為秀妍驅除身上這種危險的能力。文軒覺得，她原意應該只是想驅除秀妍的能力，但譚偉權卻想治本清源，把骨灰一併帶去，結果觸怒了秀珠。

雪山事件五條人命，除了楊欣的死因很清楚外，其餘四人是否秀珠所殺？文軒相信已經沒有任何人能夠證實了，但他認為，秀晶最後是自殺的，原因是當她在人生最後階段，爆發出她從未體驗過，只有她媽媽及秀妍擁有，看見活人及死人回憶能力時，她心裡已經知道答案，當那個「它」—秀珠，站在她面前時，自作孽，不可活，秀晶用行動結束她悔咎的一生。

至於另外三人，如果說是秀珠殺的也有道理，譚偉權想帶骨灰去超渡，秀珠真的想嗎？中村先生在譚偉權身上找出骨灰，應該也是想做同一件事！何信君最後試圖殺秀晶，身為女兒的秀珠，真的忍心看見自己母親被殺嗎？

情況就跟秀妍一樣，當秀妍有危險時，秀珠現身了，她要保護自己家人，不論是曾經棄她不顧的媽媽，還是她小時候已經很喜歡的妹妹，但秀晶誤會了，以為秀珠是來索命，文軒心想當秀晶吞藥自殺時，秀珠一定很傷心。

秀珠其實別無他求，她最後的回憶，就是跟妹妹及母親一起的歡樂時光，她想回到她們身邊，這是她的心願。秀晶看不到這個結，她解不開，結果造成之後的悲劇。幸好，秀妍看見了，她解開了這個結，讓秀珠感受到愛，感受到溫暖，秀珠不再遺憾，她走了。

這時候，文軒抬起頭，看見秀妍出來了，阿彪連忙跑過去，秀妍把兩個骨灰盅交給阿彪，吩呼他小心放入骨灰龕內。

「跟媽媽姐姐見過面了？」文軒低聲地說，生怕阿彪聽見。

「嗯。」秀妍輕輕一聲回應。

「妳以後一個人住在哪裡？」文軒關心地問。

「大學宿舍，直至讀完課程為止。」

「放心吧，以後我會做妳的監護人，大學裡有什麼使費需要，儘管找我，如需要見家長也可以找我。」文軒說，「總之，以後就由我代替秀晶照顧妳。」

「誰要你照顧？」秀妍嘟嘴回答。

文軒很高興，他見到秀妍沒有被過去的事所困擾，她比任何人想像中堅強。

「放好了，你們現在可以在石碑前拜祭。」阿彪剛用石碑封好骨灰龕。

秀晶母女骨灰同放在一個骨灰龕裡，文軒祈求，兩人能夠安息。

這時秀妍從手袋裡拿出一張信紙，上面寫滿密麻麻的字，她點起火把它燒了。

「這是什麼？」文軒問。

秀妍笑了笑，甜美的笑容再一次在她臉上浮現。

致　我最愛的姐姐：

過去一直這樣稱呼妳，實在不習慣換上另一個稱呼，在我心目中，不論妳是撫養我長大的姐姐，還是親生媽媽，妳都是獨一無二的。

人的回憶很奇妙，它儲存在腦海中，你能想起它，但不能看見它，你會對某件往事有片段的印象，但你不能像電影一樣重新播放那件往事。

當你以為已經遺忘了某件往事，它卻會無聲無色地，在你的思緒中一閃而過，當你想捕捉過去那一瞬間的畫面時，它卻會淘氣地躲起來，讓你找不到。

而我，卻能夠把它們找出來，像電影一樣重新播放。

姐姐，妳還記得小時候隔壁那位王姨姨嗎？當時我不清楚發生什麼事，但現在我明白了。

小時候的我並不知道那些影像是別人回憶，還以為那些是我的幻覺，或者是腦海中突然閃過的念頭，而且那些回憶不是經常出現，所以我也沒有多想什麼，因為我很快適應了，能夠看見別人回憶雖然不是什麼樂事，但也不算是苦事。

不過，秀妍仍然很生氣，知道實情的姐姐，應該早點告訴我才對啊！秀妍明白，姐姐一直不敢說，是怕我害怕，怕我受到傷害，但姐姐妳有沒有想過，妳不跟我說，反而會令我更難掌控狀況，可能做出一些傷害自己或別人的事。

但最重要是，如果我早點知道實情，妳以為我還會讓姐姐妳去嗎？秀妍不怕什麼詛咒，秀妍只想跟姐姐過簡單的生活，想姐姐妳繼續陪我讀書，陪我吃飯，陪我睡覺，我不開心時，妳會安慰我，我開心時，妳會跟我一起分享，等到我大學畢業，正式出來社會做事，就是我報答妳多年養育之恩的開始。

不過，我仍然很感激姐姐，穿上手套後，我的確減少看見那些回憶，雖然並沒有完全阻止。文軒大叔說，我的力量很強，就算手套阻隔接觸，一樣有機會感應到，他叫我以後繼續戴手套，這個不用他說，每次穿上手套的時候，我就感覺姐姐妳仍在我身邊，我要姐姐永遠陪著我。

啊，姐姐妳還記得文軒大叔嗎？就是妳那位前度男友。其實我很早就發覺，即使你們分手了，妳對他還是念念不忘，那棵平安樹，妳不知望著它發呆多少次了；他送給妳的東西，妳一件也沒有扔掉；妳有多少次獨個兒跑上天台；秀妍將這一切看在眼內，只是在想，他真的有那麼好嗎？

當我第一次見到他時，覺得這個人沒有什麼突出之處，但經歷過今次事件後，我總算明白了：文軒大叔雖然其貌不揚，但心細如塵，分析能力高，有解決困難的能力，而且最重要的，是老實可靠，他應承你的，必定全力做到，今次全靠他，才能解開圍繞在我身上的謎團，姐姐妳果然沒有看錯人。

我過兩日會跟文軒大叔一起去探望笑婆婆，她好像知道很多關於外婆的有趣故事，我在想，知道多一些外婆的事，可能會對我的能力，有更深一層的認識，硬幣都有正反兩面，如果能夠正確運用，或者這能力並非如想像中邪惡。

差點忘了，阿彪叫我跟妳說一聲，他從來沒有怪責過妳，他是自願的，燒成這樣不能怪誰，他叫妳不要再自責，一切都是命。

對，一切都是命，在這二十年的歲月，沒有姐姐，就沒有秀妍。坦白說，當我漸漸長大，看見愈來愈多別人的回憶時，有時也會感到有些不安，特別是多次看見好朋友意外離世，看見他們最後的心願，心情真的很難受，這時候全靠姐姐在我身邊，雖然我沒有跟妳說過什麼，但妳每次都能看穿秀妍什麼時候不開心，然後安慰我，鼓勵我，這份關懷，這份守護，我會永遠記住。

對於秀珠的事，我真的很難過，這種悲劇沒有人想發生，但我想告訴姐姐——或者叫媽媽會恰當一些，秀珠姐姐不是想報仇，當我用雙手觸摸她臉頰時，我看見了，她想要的是一個溫暖的家，她的眼中只有媽媽妳，她多麼渴望妳能再次抱起她，多麼想妳再次親吻她的額頭，媽媽，除了我掛念妳之外，我想妳知道，妳還有另一個女兒也很掛念妳。

我把妳們葬在同一個骨灰龕，希望妳們能夠一起生活，媽媽，秀珠很愛妳，就等如秀妍愛妳一樣，秀妍現時不能孝敬妳，就讓秀珠暫時代替我好好伺候妳，等我將來百年歸老，再來跟妳們團聚。

媽媽，姐姐，秀妍會學識自己一個人生活，我不會覺得孤單，因為，秀妍擁有很多跟妳們相處的美好回憶。

永遠永遠愛妳們。

——秀妍最後的回憶碎片　二十歲那年

BOD Books on Demand
語言文學類　PG1889　SHOW小說27

灰燼

作　　者/金　亮
責任編輯/洪仕翰
圖文排版/周好靜
封面設計/楊廣榕

發 行 人/宋政坤
法律顧問/毛國樑　律師
出版發行/秀威資訊科技股份有限公司
114台北市內湖區瑞光路76巷65號1樓
電話：+886-2-2796-3638　傳真：+886-2-2796-1377
http://www.showwe.com.tw
劃撥帳號/19563868　戶名：秀威資訊科技股份有限公司
讀者服務信箱：service@showwe.com.tw
展售門市/國家書店（松江門市）
104台北市中山區松江路209號1樓
電話：+886-2-2518-0207　傳真：+886-2-2518-0778
網路訂購/秀威網路書店：http://store.showwe.tw
國家網路書店：http://www.govbooks.com.tw

2018年1月　BOD一版
定價：280元

國家圖書館出版品預行編目

灰燼 / 金亮著. -- 一版. -- 臺北市 : 秀威資訊科技, 2018.01
面；　公分. -- (語言文學類 ; PG1889)
BOD版
ISBN 978-986-326-504-7(平裝)

857.7　　106022221

讀者回函卡

感謝您購買本書，為提升服務品質，請填妥以下資料，將讀者回函卡直接寄回或傳真本公司，收到您的寶貴意見後，我們會收藏記錄及檢討，謝謝！

如您需要了解本公司最新出版書目、購書優惠或企劃活動，歡迎您上網查詢或下載相關資料：http:// www.showwe.com.tw

您購買的書名：____________________

出生日期：________年________月________日

學歷：□高中（含）以下　□大專　□研究所（含）以上

職業：□製造業　□金融業　□資訊業　□軍警　□傳播業　□自由業

□服務業　□公務員　□教職　□學生　□家管　□其它_____

購書地點：□網路書店　□實體書店　□書展　□郵購　□贈閱　□其他

您從何得知本書的消息？

□網路書店　□實體書店　□網路搜尋　□電子報　□書訊　□雜誌

□傳播媒體　□親友推薦　□網站推薦　□部落格　□其他__________

您對本書的評價：（請填代號　1.非常滿意　2.滿意　3.尚可　4.再改進）

封面設計____　版面編排____　內容____　文／譯筆____　價格____

讀完書後您覺得：

□很有收穫　□有收穫　□收穫不多　□沒收穫

對我們的建議：____________________

____

____

____

請貼
郵票

11466
台北市內湖區瑞光路 76 巷 65 號 1 樓

秀威資訊科技股份有限公司　　收

BOD 數位出版事業部

(請沿線對折寄回，謝謝！)

姓　名：＿＿＿＿＿＿＿＿＿ 年齡：＿＿＿＿ 性別：□女 □男

郵遞區號：□□□□□

地　址：＿＿＿＿＿＿＿＿＿＿＿＿＿＿＿＿＿＿＿＿

聯絡電話：(日) ＿＿＿＿＿＿＿＿＿＿ (夜) ＿＿＿＿＿＿＿＿＿＿

E-mail：＿＿＿＿＿＿＿＿＿＿＿＿＿＿＿＿＿＿＿＿